anistia

PEDRO SÜSSEKIND

anistia

Rio de Janeiro, 2022

Copyright © 2022 por Pedro Süssekind

Todos os direitos desta publicação são reservados à Casa dos Livros Editora LTDA. Nenhuma parte desta obra pode ser apropriada e estocada em sistema de banco de dados ou processo similar, em qualquer forma ou meio, seja eletrônico, de fotocópia, gravação etc., sem a permissão dos detentores do copyright.

Diretora editorial: *Raquel Cozer*

Editoras: *Beatriz Lopes e Laura Folgueira*

Assistente editorial: *Camila Gonçalves*

Copidesque: *Carolina Candido*

Revisão: *Daniela Vilarinho e Mel Ribeiro*

Capa: *Anderson Junqueira*

Diagramação: *Abreu's System*

Foto de capa: *Mirrorpix/Alamy stock photo*

Dados Internacionais de Catalogação na Publicação (CIP)
Angélica Ilacqua CRB-8/7057

S963a
   Süssekind, Pedro
      Anistia / Pedro Süssekind. – Rio de Janeiro : HarperCollins, 2022.
         176 p.

      ISBN 978-65-5511-401-0

      1. Ficção brasileira 2. Mistério 3. Ditadura militar – Ficção
   I. Título.

22-3824   CDD-B869.3
                                            CDU-82-3(81)

Esta é uma obra de ficção. Os personagens, fatos e situações aqui retratados não correspondem a personagens, fatos e situações da realidade.

Os pontos de vista desta obra são de responsabilidade de seu autor, não refletindo necessariamente a posição da HarperCollins Brasil, da HarperCollins Publishers ou de sua equipe editorial.

HarperCollins Brasil é uma marca licenciada à Casa dos Livros Editora LTDA.
Todos os direitos reservados à Casa dos Livros Editora LTDA.
Rua da Quitanda, 86, sala 218 – Centro
Rio de Janeiro, RJ – CEP 20091-005
Tel.: (21) 3175-1030
www.harpercollins.com.br

"Ulisses, não julgamos ao contemplar-te que sejas mentiroso ou tecelão de falsidades, como aqueles que a terra negra cria em grandes números, espalhados por toda parte, inventando mentiras de coisas que nunca ninguém viu."

(Odisseia, *Canto XII*)

1

Ao olhar para o azul, Emílio imaginava pequenas ilhas
imperceptíveis e sem nome onde um náufrago poderia
estar naquele momento longe de tudo. Quando criança,
esperando o sono chegar, sua cama era a praia de uma
dessas ilhas distantes ou o barco no meio do mar da chuva
que caía lá fora. Já de manhã, com a claridade entrando
pela janela, os olhos percorriam as manchas coloridas e
ele fantasiava sobrevoar o mundo, a cama convertida em
balão para ver tudo de cima. Brincava em sua cabeça com
os nomes dos lugares: a *lândia* da Groenlândia, a *brasa*
do Brasil, a curiosa sequência de letras *U.R.S.S.*, como
dos exercícios com os quais a gente aprende a ler. Mas as
manchas estavam desbotadas agora, por isso ele pensava
em tirar da parede o mapa que, de uma hora para outra,
depois de uma guerra ou da próxima revolução, se torna-
ria obsoleto como ocorre com todos os mapas.

Uma lembrança recorrente o assombrava ao acordar
sozinho: o quarto atual, com os móveis e objetos novos,
parecia se sobrepor a um outro, mais antigo, no qual ele,
criança ainda, só tinha ganhado coragem para se levantar

ao ouvir uma porta batendo ao longe. A cama era outra, menor, e uma estante amarela guardava brinquedos, jogos, a coleção de revistas em quadrinhos, mas o mesmo mapa já estava na parede, perto da mesma janela com veneziana de madeira. Por uma fresta daquela veneziana, Emílio tinha visto um homem vestido de jaqueta jeans, o cabelo comprido, louro, esperando ao lado de um carro azul metálico. Não dava para enxergar direito o rosto dali, com a luz fraca do poste em frente. Mas achou que já o conhecia de algum lugar.

A cena rápida às vezes parecia irreal, como ocorreu a Emílio deitado na cama diante da janela. Parecia mais um trecho de filme do que uma lembrança. O homem louro de jaqueta tirou uma bolsa do porta-malas do carro e, quando o pai de Emílio chegou lá embaixo, mostrou a ele o que havia dentro. Os dois pareciam apressados. Seu pai olhou ao redor antes de apanhar alguma coisa da bolsa, mas não deve ter notado o filho, lá em cima, espiando por uma fresta da veneziana.

Só o que continuava igual, no quarto, era a parede com o mapa e uma foto em preto e branco do pai. Era um pouco como se o mapa fosse uma fotografia também, uma imagem parada no tempo, pensou, lembrando-se das aulas de História em que aprendeu como aquelas fronteiras foram demarcadas. Teve então uma sensação estranha, uma espécie de vertigem, porque, ao olhar o mapa na parede do quarto e lembrar-se do professor Félix Lima falando, estava recordando, na verdade, do mapa que lhe vinha à mente durante as aulas dele. As formas dos países se desenhavam aos poucos em sua cabeça enquanto ouvia o professor falar, como se ele estivesse jogando com as fronteiras, esticando ou encolhendo territórios, até culminarem naquele desenho.

Emílio queria voltar a acreditar que o mundo era desse jeito e pronto, definidos os limites e estabelecidos os nomes de cada lugar. O mapa tinha sido um presente do pai, que gostava de fazer esses quadros com fotos e pôsteres em armações de madeira. Na mesma parede ficava a fotografia em preto e branco: de cabelo escuro desalinhado, um meio sorriso no rosto, ainda bem jovem, o pai vestido com um casaco comprido e cinzento, calça clara, em pé e prestes a dar um passo adiante numa praça imensa em direção a uma imponente igreja barroca ladeada por um palácio. Assim, à distância e sem cores, não dava para ter ideia de como eram brilhantes seus olhos, só se percebia que eram grandes, um tanto desproporcionais no rosto de traços finos. Quando brincavam de dizer com qual bicho a pessoa parecia, seu pai era quase sempre um pássaro, Emílio lembrou.

A foto já estava na parede naqueles tempos em que a cama ficava perto da janela, e a estante amarela ocupava o lugar que ficou sendo da escrivaninha. Em frente a essa estante havia a poltrona que o Barão, seu cachorro agora já tão velho, estragou quando era filhote. Era uma poltrona quadriculada de branco e azul, com uns pés finos que faziam uma curva. Barão gostava de se deitar nela, encolhido daquele jeito que os cachorros têm de se aconchegar. Mas de vez em quando, do nada, descia de mansinho. Sabia reconhecer de quem eram os passos que se aproximavam pelo corredor: se era a mãe de Emílio quem vinha, ele ficava lá deitado. Se eram os passos do pai, ele descia depressa, bem abaixado, e nunca era flagrado ali, mas sim já instalado na almofada do canto, fazendo cara de comportado. Só que um dia, quando Emílio voltou de um fim de semana fora da cidade, o tecido da poltrona estava todo rasgado, e a espuma cinza-amarelada, em pedaços, estava espalhada pelo chão. Isso foi depois... Ele e a mãe nem conseguiram brigar com o cachorro.

O pai costumava ficar sentado na poltrona quadriculada para lhe contar histórias na hora de dormir. Emílio adormecia ouvindo sua voz grave e observando o verde-mar das pupilas que ora perseguiam as letrinhas nas páginas do livro, ora pareciam vidradas, com um olhar dirigido ao vazio. As histórias de mitologia ele contava de cor, nem precisava do livro. Um dia, foram ver os gessos no Museu de Belas Artes, mas isso confundiu tudo na sua cabeça de criança, porque aquelas estátuas brancas (algumas sem braços ou pela metade) não tinham nada a ver com o que ele imaginava ao ouvir as peripécias em barcos rasgando as ondas coloridas, deuses disfarçados de homens, heróis enfrentando monstros que eram meio que bichos misturados, a Quimera, o Minotauro.

A história predileta de Emílio era a da viagem dos argonautas, na qual Orfeu toca uma música tão linda que todos continuam a remar e ignoram o canto das sereias. A lembrança desse episódio agora era misturada com a de um passeio numa praia que se projetava em forma de ponta, cercada dos dois lados pelo mar, e que dava numa parede de pedra. Onde seria? Praia do Pontal, provavelmente, ele pensou. Foi alguma coisa que seu pai tinha falado durante aquele passeio: uma brincadeira sobre as sereias escondidas depois da pedra. Barão corria animado pela areia, latia para as ondas. O pai, muito alto, cabelo ao vento, ensinava Emílio a ficar parado na beira do mar enquanto a espuma subia e descia, enterrando os pés na areia molhada. A água era fria, mas não importava. Os pés desapareciam como se as pernas estivessem plantadas ali. Ele tinha falado das sereias com uma expressão séria, a voz grave, o jeito confiável, como se estivesse contando um grande segredo. Tanto Emílio quanto seu amigo Lúcio, impressionados em suas fantasias de crianças, acreditaram piamente. Ficaram ansiosos para poder dar a volta na pedra, lamentaram não ter um barco, mas de repente Emílio se deu conta do perigo. Eram as normais, com rabo de peixe, ou as tais mulheres-pássaros que devoram os homens?, ele quis saber. A mãe vinha caminhando pela areia, uma das mãos na do Vítor, irmãozinho do Lúcio, na outra, uma cesta de palha colorida.

Foi a história dos argonautas com as sereias-pássaros devoradoras de homens que seu pai recontou na última noite, Emílio lembrava bem. Mais tarde, devia ser madrugada já, a voz da sua mãe o acordou, vinda da sala: "Fica! Por que você tem que ir?". Mas a voz do pai ele só conseguiu escutar quando pediu para ela falar mais baixo, senão ia acordar o menino. Por mais que se esforçasse, Emílio não conseguia lembrar quem imaginou que era aquele homem louro, o dono do Corcel azul-escuro com quem o pai foi embora. Mas sabia que tinha imaginado uma explicação, talvez com alguma parte fantasiosa das aventuras contadas nas histórias mitológicas, porque naquele tempo ainda misturava fantasia e realidade.

Às vezes, quando Emílio ainda era pequeno, apareciam visitantes inesperados em busca do pai. Eram colegas ou alunos da faculdade que conversavam longamente sobre lotófagos, ciclopes, Ítaca, Belerofonte. Além de professor, ele era tradutor, atividade da qual o filho tinha uma ideia um pouco nebulosa, associada ao ruído reconfortante da máquina de escrever no escritório ao lado do seu quarto. O som ritmado das teclas era seguido, a intervalos regulares, pelo leve toque de uma sineta que marcava as mudanças de linha e, de tempos em tempos, pelo crepitar do papel sendo trocado.

Nos intervalos do trabalho, de brincadeira, às vezes o pai dava três batidas na mesa para chamá-lo, como se fosse alguém chegando em casa. Então Emílio se sentava com ele no escritório e brincava de escrever com a máquina que, quando o dono ia viajar, deixava um espaço vazio na bagunça da mesa e virava uma maleta. Gostava dela, do seu verde metálico, do espaço vazio que ela deixava, cercado por pilhas de papéis e pesados dicionários em suportes de madeira.

Ao ver o pai entrar no carro com o homem louro, o que o preocupou foi a máquina. Por que não estava levando a maleta? Devia ter esquecido, devia voltar para buscar dali a pouco, o menino pensou na hora, de pé na janela do quarto. Não estranhou que o pai tivesse saído sem se despedir, e sim que fosse para algum lugar sem a máquina de escrever. Tinha tentado enxergar o que estava dentro da bolsa de pano que o homem de jaqueta jeans chegou a mostrar brevemente, mas não conseguiu daquela distância. Os dois entraram no carro e partiram depressa pela rua deserta. Aquela foi a última vez que ele viu o pai.

2

Rajadas de vento redemoinharam as folhas secas nas pedras portuguesas da calçada enquanto ele atravessava o beco, ao lado do instituto, em direção ao largo de São Francisco. O calor abafado da manhã era um aviso, pensou. As folhas secas movidas pelo vento o fizeram ter a sensação de se lembrar de algo, mas a lembrança sumiu antes que se pudesse gravar em sua memória. O beco era ladeado por sobrados, alguns deles abandonados e caindo aos pedaços, mas vistos dali não se percebia que eram só fachadas sem as casas por trás. Só da janela da sala no terceiro andar, durante a aula, ele podia observar uma daquelas ruínas, lá embaixo: o mato crescendo entre as pedras e um cano comprido que se erguia na vertical para marcar a altura de um segundo piso imaginário.

Na saída da aula, quando Emílio estava indo para a cantina, Laís despontou no final do corredor com um copinho de café na mão e acenou para ele de longe, enquanto conversava com alguém.

— Boa, é uma ideia porreta. Mas não faz muito sentido, né? Pra que que ia adiantar, se você nunca chega na hora?

— foi o que ela perguntou ao interlocutor, num tom irônico, quando Emílio já estava a poucos passos de distância.

Como era de se esperar, a pessoa com quem ela conversava era Nuno, amigo músico de Emílio, que devia
estar explicando algum dos seus atrasos com aquele jeito
de quem sempre tinha razão. Depois de cumprimentar
os dois, Emílio achou que a explicação era, na verdade,
uma desculpa para Nuno começar a contar uma história
da noite da Lapa. Daquela vez, Laís o interrompeu:

— Pô, outra hora você conta isso, Nuno — disse, de-
cidida, consultando as horas no relógio de pulso. — Tô
atrasada paca, preciso correr pra reunião de monitoria.
Almoço na terça, né? Depois da prova de vocês. Venho só
entregar um trabalho pra Madalena e aí encontro vocês
lá embaixo meio-dia e meia. Fechado?

Logo que ela desapareceu de vista, os dois subiram para
o quarto andar, entraram num auditório vazio e seguiram
pelos degraus entre as fileiras de assentos, em direção ao
fundo da sala. Olharam em torno para confirmar que
não havia ninguém e pularam por uma das janelas, bem
na lateral, para chegar a uma espécie de sacada que dava
acesso, por uma escadinha de ferro, ao teto do instituto.
Entre as duas grandes faixas com telhas, havia uma laje
ampla que se estendia até a casa de máquinas do elevador
e as imensas caixas d'água. Uma bancada de cimento um
pouco inclinada, numa das laterais, servia para eles se
sentarem e apreciarem a vista. Era um lugar que Nuno
tinha descoberto no começo do semestre e, desde então,
os dois se refugiavam ali para fumar, observando os detalhes da paisagem urbana, imaginando formas de rostos

ou de animais nas manchas de pátina esverdeada da velha igreja, acompanhando o movimento incessante das pessoas em miniatura que perambulavam pelo Largo de São Francisco.

O lugar era bem mais agradável em dias de sol, Emílio pensou ao olhar para o céu encoberto. De vez em quando, um vento estranho cortava o clima abafado, mas Nuno jurava que não ia chover naquele dia. Algo a ver com a direção do vento, as *cumulonimbus*, as *nimbostratus* e toda uma pretensa distinção de movimentos e nomes na massa branca e cinzenta que pairava sobre os prédios do centro da cidade.

— Não sabia que você manjava disso, não. Bacana ter um amigo climatólogo especialista em nuvens... — Emílio disse.

Embora pouco convencido pela explicação, ele não tinha o menor interesse em discutir a previsão do tempo. Depois de um ano de convivência, estava acostumado com a impressionante capacidade do amigo de dissertar sobre os mais diversos assuntos como se fosse um grande estudioso de cada um deles. Nuvens eram só a novidade enciclopédica da semana.

— Tem ido lá no Vidigal? — Nuno quis saber quando Emílio conseguiu equilibrar o fumo no papel de seda, tomando cuidado para evitar que saísse tudo voando com o vento.

— Tenho, lá na casa do Lúcio.

— Pô, como ficou aquela história do irmão dele, bicho? A Laís me contou. O Abelha, né? Eu só conheci ele na roda de capoeira lá no Aterro.

Emílio demorou a responder, concentrado em enrolar o fumo.

— Pois é... a barra pesou... — ele disse, afinal. — Só contei pra Laís mesmo. Ela também foi colega do Lúcio no Colégio de Aplicação, conhece o irmão de vista.

Uma nova rajada de vento o fez parar de falar por um momento para proteger seu trabalho. Nuno, com um gesto de mão, pediu que ele continuasse a história.

— O Lúcio me ligou, no desespero. Por acaso eu tava em casa, foi no meio da tarde. A gente foi lá pro Miguel Couto, o Vítor foi operado ali na hora. Vítor é o nome do Abelha. Pô, tem uns troços que... O médico disse que ele teve muita sorte porque o tiro entrou pelas costas e não perfurou nenhum órgão, nenhuma artéria nem nada. Deve ter uns seis dias isso. Agora ele já consegue conversar. Acho que volta pra casa no fim de semana.

— Que isso?! Mas a bala saiu por onde? Pelo peito? Pelamordedeus!

— Saiu por aqui, perto do pescoço! — Emílio mostrou com o dedo o ponto exato. — Ele deu sorte paca. Se fosse um centímetro pra qualquer lado, já era.

— Putzgrila, inacreditável...

Emílio, tateando os bolsos à procura do isqueiro, concordou com a cabeça. Vítor tinha dezessete anos, e agora a mãe, Toninha, queria ir com ele passar um tempo fora do Rio, na casa da família no interior de Minas. Na verdade, os pais estavam preocupados fazia algum tempo, por acharem que o filho mais novo andava metido com o pessoal do tráfico.

— Não é mole… Mas disseram lá no Vidigal que não teve a ver com tráfico nem nada disso — Emílio explicou. — Falaram que ele levou um tiro por causa de uma briga que tinha rolado no dia anterior, bobeira, confusão com um cara num jogo de futebol. O Lúcio não acreditou muito, mas depois o Vítor convenceu ele que foi o tal cara, sim, um garotão do condomínio onde rola a pelada, filho de coronel, sei lá. Acha que ou foi ele, ou foi alguém que ele pagou.

— Que isso!? Cara! Mas tentaram matar o moleque por causa da briga?

— O que me deixa mal é que fui eu que levei o Vítor pra essa pelada do condomínio! De vez em quando eu vou, mas é raro. Fora de mão pra mim, lá em São Conrado. Quem mora lá é o Marcelo, um cara que eu conheço de antigamente, filho de uma amiga da minha mãe. Ex--mulher de um amigo dela, o metido a besta do Bruno, que mora no condomínio… Essas confusões. Enfim. O Marcelo me chamou pra pelada que tem toda semana no campo lá, oito em cada time. Tavam precisando de mais gente. Levei o Vítor e uns amigos dele do Vidigal. Achei que os caras ficaram meio cabreiros, mas futebol não tem essa, né? Eles ficaram indo sempre, toda semana, mesmo quando eu não ia. E olha no que deu, um troço desses… Por causa de uma briga num jogo, uma coisa besta. Eu não tava no dia, mas pelo que disseram nem foi o Vítor que começou a confusão, o outro é que veio pra cima dele. Mas mesmo que fosse culpa dele, que é um brigão de marca maior, tentarem matar alguém por causa de uma coisa dessas? O problema é que o Vítor mesmo não tem como saber quem foi. No dia do tiro, só lembra de ter ouvido um barulho estranho quando tava voltando por uma trilha que dá na pedra do Dois Irmãos.

A verdade era que Vítor sempre se metia em confusão, vivia brigando. Isso desde garoto, na escola, na rua. Emílio contou que um dia, talvez uns dois anos antes, estava andando de bicicleta na praia de Ipanema e, de repente, quando parou para olhar o mar, um garoto segurou o guidão e ficou com a mão ali, apertando o freio. Era um menino preto bem magro, cabelo curtinho, não tinha mais que quinze anos. Disse que queria dar uma volta com a bicicleta, mas que era só emprestada. Aquele impasse durou menos de um minuto, então Emílio notou que o garoto reconheceu uma pessoa chegando no calçadão por trás da bicicleta. Foi quando ouviu a voz do Vítor, já bem do seu lado: "Cai fora, ô Fulano, esse aqui é meu primo". Depois, ele deu uma risada. O garoto soltou o freio, disse um "Foi mal, Abelha" e atravessou a rua para ir embora. "Esse aí não tem jeito, não", Vítor comentou, sorrindo.

— Não tem como saber, entende? — Emílio disse a Nuno. — Mas depois desconfiei que ele de repente tinha vindo ajudar o garoto a roubar a bicicleta, aí viu que era eu. Fiquei grilado com isso. Só uma impressão que me deu.

— Putz… Será que você ia entrar pelo cano, o otário na bicicleta, mas aí ele te reconheceu, ou será que é você que tava sendo preconceituoso? — Nuno perguntou, e Emílio ameaçou reagir, ofendido, mas seu amigo já tinha se levantado para examinar uma planta que crescia numa rachadura do cimento no final da laje, perto da casa de máquinas do elevador. — Olha que treco doido isso aqui, bicho!

Emílio não se moveu, deixou Nuno e a planta para lá. Reclinado no banco improvisado, ficou observando as dezenas e dezenas de janelas do prédio de escritórios que se erguia numa das laterais da praça. Aquelas que estavam abertas mostravam as silhuetas das pessoinhas atarefadas do lado de dentro. Virando a cabeça para o lado, Emílio conseguia ver uma parte do Largo de São Francisco, lá embaixo, onde uma infinidade de outras pessoinhas atarefadas passavam sem parar, cada uma no seu caminho, como formigas em busca de alimento.

3

O ASSUNTO ERA UM filme chamado *O amor em fuga*, por causa das críticas que tinham saído nas revistas de cinema que ela lia sempre, minuciosamente, a cada número lançado. As críticas não eram devastadoras como ela esperava, ou como ela mesma as teria escrito, a julgar pela narração de sua ida ao cinema e de sua profunda decepção. O filme ela tinha ido ver meses antes e já mencionara numa carta anterior.

Aline ia quase todos os dias ao cinema, sempre com um caderninho no bolso. Vangloriava-se de sua técnica de fazer anotações no escuro para depois decifrar e, com isso, ter devidamente registradas suas impressões no calor do momento. *O amor em fuga* era, de acordo com seu relato, recheado de cenas dos filmes anteriores de Truffaut que tinham o mesmo protagonista, Antoine Doinel. *Quando chegar aí no Brasil, caso a censura não invente algum motivo para proibir a exibição, não deixe de ver*, ela escreveu. (Por que, pensou Emílio, se já sei a história, todos os detalhes e todos os problemas?)

A melhor coisa de *O amor em fuga*, conforme a folha sobre a escrivaninha, era uma linda cena de *Os incompre-*

endidos. Os trechos de filmes anteriores eram um artifício para remeter a lembranças do passado do protagonista. Aline considerava isso interessante, mas o roteiro era fraco, parecia até que o diretor tinha recorrido a tantos flashbacks para tentar salvar o filme. Emílio ficava irritado com a quantidade de vezes que sua namorada (ou amiga? O que eles eram agora?) empregava a palavra "interessante" nas cartas que lhe mandava de Paris, nas quais discorria sobre os filmes da Nouvelle Vague e os problemas políticos do Brasil. Nelas, ele tinha aprendido quais eram os cineastas da *margem direita* e quais faziam parte do grupo da *margem esquerda* do rio Sena, acompanhara as críticas mais recentes de muitos filmes que nunca chegaria a ver, torcera em vão por uma conversa de reconciliação (o boato tinha circulado entre os cinéfilos) de dois dos mais conhecidos diretores franceses, Truffaut e Godard, após seu drástico rompimento motivado por divergências políticas. Claro que Aline tomava o partido do diretor engajado, pensou Emílio. Ela defendia as críticas violentas contra o apolitismo do outro, seu rumo comercial, burguês. Ao chamar o filme que tinha visto de "uma mentira", estava, na verdade, copiando uma carta do seu ídolo, Godard.

O título *O amor em fuga* não era um bom sinal, Emílio avaliou ao se dar conta de que ela poderia ter dito, mas passou longe de dizer, um "queria que você tivesse ido comigo" ou qualquer coisa assim. Ao compará-lo com *Hiroshima meu amor*, por causa do tal uso dos flashbacks, ela nem sequer mencionava a primeira vez que foram assistir juntos, em um festival de cinema francês no Odeon da Cinelândia, à obra-prima de Alain Resnais, que ela achava o filme mais lindo de todos os tempos. Emílio se lembrou do entusiasmo dela na saída do cinema, muito impressionante porque ele nunca tinha imaginado que um filme, por mais lindo que fosse, pudesse ter o efeito de mudar a vida de uma pessoa. Era estranho lembrar daquilo com uma carta na mão, enviada de Paris, ao lado da folha de papel em branco na qual pretendia começar sua resposta.

Emílio não tinha como saber, naquela noite em que foram ao Odeon, que sua colega de sala da escola (ainda não convertida em namorada, apesar de uma longa ofensiva amorosa), depois de ver *Hiroshima meu amor* e conversar sobre todos os seus detalhes até o esgotamento, iria decidir estudar cinema e, alguns meses depois, ganharia uma bolsa de estudos para morar em Paris. (Quando foi aquela noite? Lá por outubro de 1977? Era perto do final do ano, com certeza, pois começaram a namorar em novembro.) Claro que não foi só aquele filme, porque você já adorava cinema antes, mas foi naquela noite que você decidiu, pensou Emílio, já como se estivesse escrevendo para ela. *E agora, por causa daquela decisão, você está na França e me escreve de milhares de quilômetros de distância sobre cinema e sobre a calamidade que é a política aqui no Brasil.*

Desde muito novas, no ginásio ainda, Aline e Laís eram engajadas no movimento estudantil, participavam de todos os grêmios e afins. Colaboravam como podiam para a reconstrução da União Nacional dos Estudantes, depois de anos de censuras e proibições. Já naquela época, antes mesmo de ser sua namorada, Aline esperava de Emílio um engajamento político semelhante, mas na verdade ele ia para as passeatas quase que só para acompanhá-la, porque estava apaixonado por aquela garota morena meio diferente e divertida que tinha entrado para sua turma do colégio.

Por pouco não foram também ao Encontro Nacional dos Estudantes em São Paulo, no qual acabariam presos como tantos outros estudantes engajados, ocorreu a Emílio enquanto passava os olhos pelos parágrafos escritos na caligrafia difícil de Aline, as letras pequenas, finas e inclinadas. Foram salvos de serem presos por uma gripe de Laís, pelo preço alto da passagem de ônibus e pela intervenção dos pais de Aline, Leila e Casimiro, que ela considerou por isso dois burgueses alienados.

A carta que Emílio tinha mandado para Aline ainda no final de maio parecia já muito distante. Do que mesmo ele falava? De "O bêbado e a equilibrista", porque tinha ouvido pela primeira vez a música de Elis Regina tocando na rádio. Mas também das consequências da revogação do AI-5 e da posse do novo general na presidência, respondendo a indagações dela. E das idas e vindas no metrô, recentemente inaugurado no Rio de Janeiro depois de tantos anos de obras. *O Rio não deve mais nada a Paris: quando voltar, você vai poder andar sempre de metrô do mesmo jeito que faz por aí*, tinha exagerado, ironizando em sua carta o fato de que, das vinte e tantas estações previstas ligando Tijuca a Ipanema, só cinco tinham ficado prontas. Depois de uma década de obras, os trens por enquanto iam da Praça Onze até a Glória; apesar disso, a inauguração do metrô tinha sido a grande novidade daqueles meses na cidade. Na carta, ele contou que, na primeira vez, a entrada da estação lhe parecera a boca de uma caverna sobre a qual fantasiou a inscrição de um último aviso aos que iam ser engolidos pela terra a caminho do reino dos mortos. Sempre se lembrava dessa impressão quando voltava da faculdade.

A resposta dela, essa que estava agora na escrivaninha, era datada de 10 de junho de 1979 e tinha demorado a chegar, muito mais do que as enviadas nos meses anteriores. Todos os dias, nas duas últimas semanas, Emílio olhava a correspondência entregue no apartamento e, todos os dias, sentia-se triste ao constatar que não havia nada para ele. Ficava ali folheando os envelopes de contas de luz e telefone, os cartões postais de amigos da mãe. Já estava até com vergonha de perguntar para Célia se o porteiro tinha entregado a correspondência, ou de perguntar para Beto, o porteiro, se o carteiro tinha passado.

Agora ele não sabia por onde começar uma nova carta. Tinha toda a história de Vítor para contar: o tiro, o hospital e tudo mais. Parecia coisa de livro policial. Já outras notícias pareciam enredo de novela. Sua mãe estava saindo com Fernando, o arquiteto que reformou o ateliê dela; Laís parecia interessada em Nuno e tudo indicava que conseguiria deixar para trás as idas e vindas do namoro de escola. Política não! Mesmo com a revogação do AI-5 no fim do ano anterior, não achava muito sensato escrever sobre a situação do país num documento assinado. Talvez fosse paranoia dele, mas estava arrependido de ter feito isso da última vez, apesar do esforço para responder com informações que não fossem comprometedoras. Era um exercício tortuoso de imaginação, porque qualquer coisa sensata que uma pessoa dissesse sobre o governo brasileiro poderia ser considerada suspeita. Podia falar daquele velho senhor de longas barbas brancas e turbante preto que ultimamente aparecia nos jornais. Khomeini, a nova crise do petróleo, a dívida com o Fundo Monetário Internacional, a Guerra Fria. Falar do mundo, de qualquer coisa, menos deles dois.

Querida Aline, Emílio escreveu logo abaixo do cabeçalho *Rio, 24 de junho de 1979. Lembra quando fomos ao Odeon assistir a* Hiroshima, meu amor? *Foi nisso que fiquei pensando agora ao ler seus comentários sobre o amor em fuga* (assim mesmo em minúscula, pensou, ou corrijo com um O maior e um sublinhado?). *Você deve lembrar que a praça e as ruas em torno do cinema estavam com um canteiro de obras descomunal, que parecia o leito de um rio, mas no lugar da água tinha umas vigas como se fossem as grades de uma jaula para conter os titãs presos nas profundezas da terra,* escreveu na carta o que tinha dito para ela naquele dia. *Agora, quando volto a pé da faculdade até a estação da Cinelândia, ainda me espanto de poder andar nas calçadas novas, por cima daquelas imensas cavernas subterrâneas que, não faz tanto tempo assim, despertaram essas minhas fantasias míticas. Sempre lembro de você quando faço esse caminho. De quando você disse, na entrada do cinema, que as escavadeiras pareciam dinossauros mecânicos presos por trás dos tapumes num mundo pré-histórico.*

A conversa sobre *Hiroshima meu amor* já combinava os dois principais interesses de Aline, cinema e política, ocorreu a Emílio enquanto escrevia. Não muito antes de viajar, ela tinha entrado, com Laís, para o Comitê Brasileiro pela Anistia. *Claro que concordo com você, Emílio, é muito melhor esse governo atual do que a volta da linha dura, mas todo o esforço dele é para desarticular a oposição, então que abertura é essa?*, ela perguntava na carta, antes de sentenciar que os militares do governo queriam era continuar no poder. Não, não devia escrever essas coisas numa carta, Emílio pensou. Ele não quis entrar para o Comitê nem ir ao Congresso Nacional pela Anistia em novembro, apesar de Aline e Laís terem pedido com insistência. A expectativa era que fosse totalmente engajado, por causa do pai, mas ele relutava em dar esse passo.

4

DE MANHÃ, DURANTE a prova de História Colonial, Emílio ficou sentado perto da janela e viu o dia escurecer aos poucos, de tal maneira parecendo um fim de tarde que chegou a duvidar do relógio, cujo ponteiro das horas insistia em apontar para a esquerda. Terminada a prova, saiu da sala para o corredor que ladeava o pátio interno do instituto, o grande retângulo desenhado pelo telhado emoldurando nuvens cinza-chumbo. Aliviado por ter cumprido seu último compromisso acadêmico daquele semestre, juntou-se a Nuno, que já tinha terminado a prova fazia algum tempo e estava na cantina conversando com o professor Félix Lima e dois colegas do memorável curso de Contemporânea, encerrado no dia anterior. O caso que o professor contava dizia respeito a um incidente envolvendo um sujeito chamado Raul, apelido Bebe, durante uma fuga da prisão no Uruguai. Mas seu relato era habilmente disfarçado numa conversa que parecia ser sobre futebol: o Tupamaros, movimento uruguaio de libertação nacional, mencionado como se fosse um time, Tupi.

Quando os dois desceram a escadaria em espiral, Nuno passou a fazer perguntas absurdas, com seu jeito meio debochado, sobre a matéria de uma prova de segunda chamada marcada para aquela tarde. No saguão eles encontraram Laís, que se levantou do canto onde estava sentada no chão, de pernas cruzadas em posição de lótus, equilibrando um livro no colo. Ela abriu os braços em sinal de revolta após apontar para o relógio.

— Pô, me esqueceram? Tenho um monte de troço pra fazer. Vai dar uma hora já! Achei que vocês iam dar o cano — reclamou ao cumprimentá-los.

— Desculpa, Laís, a gente ficou de papo com o Félix Lima, que tava contando umas histórias do Uru... — Emílio ia dizendo, mas o amigo o interrompeu com um puxão.

Só depois de saírem do instituto e começarem a atravessar a praça Nuno perguntou:

— Barra limpa agora? É que não gosto de falar nada na frente daquele figura de casaco de couro — explicou. — Todo sorridente, boa pinta, cabelo arrumadinho, fica ali puxando papo com todo mundo. Me deixa grilado.

— É o que o meu pai chama de alcaguete — completou Laís, assentindo com a cabeça.

Os três tinham combinado de almoçar naquela terça-feira, último dia de provas, para comemorar o final do semestre. No caminho, quando atravessavam a avenida Rio Branco, soou uma trovoada tão alta que eles chegaram a parar por um instante, encolhendo os ombros. Nuno olhou para o céu carregado de nuvens e constatou, com um ar despreocupado, que ia ser só uma chuva de verão, com certeza bem mais tarde, ainda ia demorar para cair.

— Diz o craque da previsão do tempo! — Laís comentou. — É mole? Deixa seu guarda-chuva comigo então.

— Fim da tarde só, pode confiar — ele insistiu. — Isso aí não vai dar em nada. Na sexta o Emílio também ficou achando que ia chover e nada. Não foi?

Conseguiram uma mesa bem na parte da frente do restaurante, ao lado do janelão por onde se via o movimento dos pedestres apressados na rua da Ajuda. Emílio aproveitou a ida de Nuno ao banheiro para comentar com Laís sobre a última carta de Aline.

— Devia ter trazido pra te mostrar — disse. — Sua amiga não quer voltar, não, parece. Pô, fiquei triste pra caramba com essa carta dela. Comenta um filme, coisa e tal. Pixa o Brasil, fala bem da França. Com razão, claro. Da mania de grandeza, de terem construído a Transamazônica enquanto a economia ia pro espaço. Do Figueiredo agora no lugar do Geisel. Mais um general. Manja? Só essas coisas. Ela fala de política como se eu fosse um amigo do movimento estudantil, sei lá.

— Putz, mas a Lili sempre foi assim, obcecada. Eu sei que deu um desespero nela. Tá achando que a ditadura não vai acabar nunca mais. Ela me mandou uma carta também.

— Mas ela ficar me escrevendo só sobre isso agora, quando tá pra voltar, depois de tantos meses fora. Parece…

— É aquilo que eu vou querer! — Nuno chegou de volta. — Tô morrendo de fome. Qual é aquele prato ali? — perguntou, indicando com um gesto de cabeça a mesa ao lado.

— O Emílio tava falando da carta que recebeu da Aline, que tá em pânico de voltar pra nossa pátria amada idolatrada — Laís comentou com o Nuno. — Você chegou a conhecer ela pessoalmente?

— Conheci não. Naquele semestre vocês ainda não me davam confiança, eu não era da patota — respondeu com um sorriso irônico.

Laís revirou os olhos, balançando a cabeça, depois se voltou para trás porque o garçom chegou para fazer uma breve descrição das especialidades da casa e anotar os pedidos. Talvez tenha sido o prato do Nuno imitado da mesa vizinha, um *Filé à Argentina*, que desencadeou a lembrança, porque o nome soou familiar. Era o mesmo que, anos antes, na primeira ida de Emílio à Leiteria Mineira, vô Laércio tinha pedido.

A partir daquele momento, ele acompanhou só em linhas gerais os assuntos da conversa. Laís contou sobre sua experiência recente de morar sozinha, pois tinha se mudado fazia pouco tempo da casa dos pais para um quarto e sala na praça São Salvador, "pertinho ali da casa do Emílio". Nuno narrou como tinha sido, na noite da véspera no clube Democráticos, a chegada do Monarco, que cantou na roda de samba em que ele tocava cavaquinho. Demonstrou uma incredulidade indignada ao notar que Laís não sabia nada sobre a Velha Guarda da Portela e passou a dar as devidas explicações sobre seus integrantes.

Emílio, distraído, se deu conta de que a Leiteria Mineira ficava em outro lugar daquela primeira vez que os três foram almoçar lá, ele, o pai e o avô. Onde seria? Devia ter uns cinco anos, talvez? Eles vinham da visita ao Museu Nacional de Belas Artes, onde o pai tinha mostrado as estátuas em gesso dos deuses que ele conhecia das histórias na hora de dormir. O nome "leiteria" ficou misteriosamente vinculado ao que Emílio imaginara antes de chegar ao lugar: uma espécie de curral ao lado de tanques cheios de leite com pequenas torneirinhas. No restaurante, que evidentemente não correspondia àquela expectativa fantasiosa, havia mesas redondas e, nas toalhas de mesa, desenhos de vacas em traços azuis.

— O povo todo cantando "Foi um rio que passou em minha vida", do Paulinho da Viola… — Nuno estava dizendo.

Passava pela cabeça de Emílio a imagem de Laércio rindo das perguntas do neto sobre o desenho na toalha da mesa. Ele tinha contado que, antigamente, quase sempre tomava café da manhã numa *leiteria*, mas mesmo naquele tempo nunca tinha visto uma vaca no centro da cidade. Emílio projetou sobre essa recordação a imagem que fazia do avô estudante como ele, andando pelas mesmas ruas que ele percorria sempre, já que a Escola Nacional de Engenharia ocupava o prédio do instituto de onde tinha acabado de vir, no Largo de São Francisco.

A previsão de Nuno a respeito da chuva estava errada, claro. Despedidas feitas, Emílio partiu na direção da Cinelândia, apressando o passo porque já começavam a cair as primeiras gotas. Da escada da estação, ouviu os ruídos metálicos que vinham do túnel anunciarem a chegada de uma nova composição do metrô. Acelerou a descida dos degraus e correu pela imensa galeria, com a intenção de pegar um vagão central. O trem ainda estava em movimento quando viu pela janela uma mulher em pé: alta, vestida com o que parecia uma espécie de parca verde-escura, sorriso claro, olhos de um verde instantâneo, cabelo mais para ruivo, ondulado. Foi um segundo só, quando o vagão passou por ele. Apressou ainda mais o passo a fim de alcançar uma porta que se abria bem ao lado da janela pela qual tinha visto a ruiva de olhos verdes. Mas, para sua surpresa, não havia nem sinal dela quando entrou.

Nos bancos do fundo do vagão, estavam sentados três homens de um lado e, do outro, um grupo de adolescentes com uniforme escolar. Dois dos homens, de terno e gravata, mantinham-se em silêncio enquanto observavam distraídos os garotos trocarem figurinhas de jogadores de futebol. Um senhor atarracado que usava pequenos óculos de leitura redondos, equilibrados quase na ponta do nariz, fazia palavras-cruzadas. Ele olhou Emílio por cima dos óculos e se ajeitou para dar espaço ao novo passageiro. Os garotos negociavam animadamente, com os bolos de figurinhas nas mãos, avaliando a justeza das trocas: Nelinho ou Batista por Reinaldo; Fillol e Passarella por Rivellino e Leão; Cerezo e Kempes por Platini.

Quando o metrô deixou a estação, Emílio se deparou com seu rosto refletido no vidro da janela, por trás dos rostos alegres dos adolescentes. Surpreendeu-se com sua própria expressão de perplexidade: ainda não conseguia entender como aquela mulher linda tinha saído sem passar por ele, até porque a única porta disponível era a que tinha usado para entrar. Só se fosse um reflexo no vidro, ou se ela estivesse do outro lado do trem, parada na estação. Os dois homens de terno, refletidos também na janela, davam a impressão de serem colegas ou velhos amigos, vindos do mesmo lugar, como se a qualquer momento fossem recomeçar um assunto. Mas pode ser que nem se conhecessem, como Emílio especulou ao constatar que continuavam quietos, olhando para a frente. Um deles riu de repente (mas sem nenhum contato visual com seu vizinho) quando um dos garotos de uniforme escolar recusou, com estardalhaço, a troca de sua figurinha do Cruyff.

— Tá maluco, nem vem que não tem! — reagiu, indignado. — Só se você tiver o Rummenigge.

Distraído pela cena, Emílio tomou um susto quando, sem aviso, o senhor ao seu lado ergueu a revista de palavras-cruzadas com uma das mãos e a aproximou do seu rosto.

— Só falta essa aqui! — ele disse, sorrindo com o canto da boca e indicando os quadradinhos na página da revista. — Nove letras, sinônimo de "ardil". Final "…ômina"? Com "nd" aqui.

Emílio se recuperou do susto, leu as indicações na página erguida à sua frente e pensou por alguns segundos.

— Essa é dureza mesmo.

— "Endrômina"? Existe essa palavra?! — o senhor rabugento disse logo depois, ao consultar as respostas do final da revista.

Ele guardou os óculos de leitura no bolso e estendeu o braço para Emílio ajudá-lo a se levantar, já que o metrô tinha chegado na Glória. Os adolescentes avançaram porta afora, competindo para ver quem saía primeiro. Os dois executivos foram embora sem se falar e seguiram apressados na direção da escada. Lá de baixo já se ouvia o ruído da chuva, e no portal de saída da estação as pessoas estavam aglomeradas, paradas, parecendo indecisas. Ajeitavam seus casacos e abriam guarda-chuvas ou jornais sobre as cabeças. As gotas grossas, lá fora, pareciam formar uma cortina, mas atrás dela dava para ver a rua transformada num córrego de água turva.

5

Rebeca estava na cozinha lendo o jornal e fumando um cigarro, sem se importar com o ruído repetitivo do espremedor de laranjas. Ao se deparar com ela sentada num dos bancos da mesinha redonda, seu filho ficou surpreso por encontrá-la ali àquela hora (o relógio de parede marcava nove e quinze), já que costumava se levantar bem mais tarde, quase sempre perto de meio-dia, e na noite anterior tinha chegado às duas da manhã da tal festa na avenida Atlântica.

Ela não sabia, mas Emílio tinha escutado sua chegada de madrugada: o barulho na porta de entrada, as vozes dela e de um homem que ele ficou tentando entender quem era. Só dava para escutar o som abafado das vozes, sem distinguir as palavras. Será que é um novo pretendente?, ele se perguntou. Depois se convenceu de que o homem era Fernando, o amigo arquiteto com quem sua mãe costumava sair nos últimos tempos e que ninguém sabia direito se era ou não namorado dela.

— Ué, você voltou? Achei que ainda tava ajudando a Toninha e o pessoal lá dela — Emílio exclamou, surpreso, ao ver Célia manuseando o espremedor de laranjas.

— Cheguei não tem nem meia hora. — Ela interrompeu o trabalho e abriu um sorriso. — Ficaram bem lá, agora que o Vitinho voltou pra casa. Precisam dar uma descansada, eles.

— Eu dei folga por quanto tempo ela precisasse, mas a Célia quis voltar a trabalhar hoje — Rebeca disse a Emílio, erguendo a cabeça para lhe lançar um sorriso rápido. — Bom dia, filho! — acrescentou antes de retomar a leitura do jornal com uma expressão preocupada, o cigarro na sua mão reduzido a uma cinza comprida já perto de alcançar a parte do filtro.

O sobrinho de Célia tinha sido liberado do hospital naquela manhã bem cedo, conforme ela explicou. O pai e o irmão ficaram esperando com ela em casa, já que os três tinham voltado para o Vidigal no meio da tempestade do dia anterior. Quase não conseguiram chegar lá, Célia contou. Sua irmã Toninha, que dormiu no hospital, ligou de manhã, lá pelas seis, para dizer que Vítor estava liberado.

— O Nivaldo foi correndo ver se tava dando passagem depois da chuvarada — ela disse, enquanto derramava o suco amarelo-vivo em uma jarra de vidro. — Mas agora de manhã já tava passando, sim. Só tinha era muita sujeira, galho de árvore e lixo caído pra todo lado. Daqui a pouco o Lúcio vai te ligar. Ele pediu pra avisar.

— Que ótimo, né, Célia?! Pô, muito boa notícia! Não pude ir no hospital ontem por causa da prova que fiz de manhã e do temporal depois. Mas quando eu tava lá, anteontem, disseram que ele só ia poder sair na quinta ou sexta.

— Foi, foi sim. Mas deixaram sair antes. Era pra ter sido ontem de noite, até, se não fosse essa chuva toda. — Célia sorriu mais uma vez ao equilibrar a jarra de suco na mesa. — Ó, aí, tem pão fresquinho que eu trouxe.

— Você mima muito esse menino, Celinha — a mãe de Emílio comentou, acendendo outro cigarro.

Aquele encontro com o filho na cozinha fazia Rebeca se lembrar de quando ele era criança, dos dias de escola. Sem Célia, não teria conseguido criar o filho depois de perder o marido. No começo, como os pais dela moravam longe, mandou Emílio para uma longa temporada na casa do avô paterno, em Petrópolis. Tinha se deixado abater demais, a melancolia a deixava paralisada, como se estivesse vendo de muito longe, por um telescópio, o dia a dia da casa que ela tinha dificuldade de aceitar como sendo sua. Mas, depois desses primeiros meses de abatimento, conseguiu, aos poucos, deixar a depressão para trás, trocando-a pela dedicação ao trabalho em seu ateliê e pela dispersão constante que era sua vida social, sempre às voltas com amigos ou namorados, com reuniões, festas, jantares, vernissagens, exposições, peças de teatro. A falta de notícias do marido ia, com o tempo, impondo a ideia de que aquela era uma ausência definitiva, ele nunca voltaria, estava morto, era preciso aceitar isso. Já que a falta de uma confirmação, de um corpo, de um testemunho, não permitia que o luto concluísse seu curso, ela o anestesiava.

Célia tinha trabalhado originalmente como babá, contratada quando Emílio nasceu. Morava no quarto dos fundos do apartamento, mas ia sempre passar os finais de semana com a irmã. As duas tinham vindo de Porteirinhas, uma vila perto de São Vicente de Minas. Trabalharam por anos na fazenda do Seu Heládio, pai de Rebeca, que ficava naquela região. Toninha tinha vindo primeiro, para ser cozinheira na casa do tio Henrique. Casou-se logo depois de chegar ao Rio e foi morar numa casinha no Vidigal construída pelo marido, Nivaldo, que era mestre de obras. Já Célia, alguns anos mais velha que a irmã, tinha deixado em Minas um marido que, segundo ela, era uma peste. Por isso, não queria saber de arrumar outro homem.

Toninha teve dois meninos, já morando no Rio. Como o mais velho, Lúcio, era quase da mesma idade de Emílio, Célia muitas vezes levava o filho da patroa para passar o fim de semana com ela no Vidigal, ou então trazia os sobrinhos para brincar no apartamento da rua Paissandu. Depois, Lúcio foi estudar na mesma sala de Emílio no Colégio de Aplicação, uma das raras escolas públicas da cidade frequentadas por estudantes das classes mais abastadas, e os dois se tornaram amigos inseparáveis.

Durante a infância de Emílio, era Célia quem o acordava e tomava conta de todos os detalhes do dia a dia. Ele ainda era muito pequeno para passear sozinho com Barão na rua Paissandu, então os dois saíam juntos. Na volta, Emílio fazia os deveres de casa na mesinha do quarto, ao lado da estante amarela. Depois, encontrava na gaveta do armário um uniforme do Colégio de Aplicação limpo e passado. O almoço tinha que ser cedo para dar tempo de esperar o ônibus escolar, por isso ele se sentava para comer na mesma hora em que a mãe terminava de tomar o café da manhã. Rebeca já encontrava o filho pronto, de banho tomado, vestido com o uniforme, animado para lhe contar o que tinha feito durante a manhã.

— Esse cachorro tá cada vez mais teimoso — Célia disse, tentando afastar Barão do caminho para levar um ovo frito até a mesa. — Ele agora fica aí deitado no pé da gente, jogado aí. Não adianta chamar que o bicho não levanta. Só pra comer mesmo.

— Ô, velhinho... Daqui a pouco vai se levantar, sim, pra gente dar um passeio. — Emílio comentou, abaixando--se para fazer festa na cabeça do cachorro.

Barão permaneceu deitado, uma grande massa de pelos brancos perto do pé da mesa, no seu lugar favorito. Deu uma abanada rápida de rabo e virou o focinho para lamber a mão do dono com um olhar meio tristonho.

— O que tem de tão interessante nesse jornal? — o filho quis saber, dirigindo-se a Rebeca.

— Ih, desculpa, me distraí e perdi a hora — ela respondeu, de repente, enquanto consultava o relógio de pulso.

Parecia agitada. Deu só um gole no suco e largou o copo em cima da mesa. Depois de mais uma tragada no cigarro, olhando para o jornal aberto com um ar perturbado, levantou-se. Abraçou o filho por trás bem na hora que ele se servia da jarra, o que o fez derramar suco na mesa.

— Desculpa, desculpa! Come com calma e lê você... — Rebeca fez uma pausa, parecendo hesitar por um instante, depois se pôs a falar de supetão. — A gente conversa outra hora, atrasada já, combinei de ir com a Cândida no Saara. Ela quer ir comigo lá no ateliê pra ver as peças da coleção nova. Ah, e a Antônia confirmou que vem mesmo, chega daqui a duas semanas, aí fica até o aniversário dela. A festa vai ser aqui em casa! É bom uma badalaçãozinha. Viu, Célia? Vamos ter uma hóspede, então na semana que vem é melhor já arrumar o quarto, tirar de lá aquelas caixas de roupas. Te ajudo com isso, tá? Tem que ver o que vou levar pro ateliê, o que vai pro armário lá do fundo.

Ela fez um carinho no cabelo do filho, deu meia-volta e, em segundos, já tinha desaparecido da cozinha.

— Olha aí, esqueceu o cigarro aceso… Que que deu nela? — perguntou Emílio. — Nem me lembro da última vez que a minha mãe saiu do quarto cedo assim.

Célia deu de ombros e indicou com a cabeça o jornal que Rebeca tinha deixado na mesa:

— O que deu nela eu não sei, não. Sei que ligou uma moça mais cedo, logo que eu cheguei. Devia ser oito e pouco. Você não ouviu o telefone? Era uma Sônia Qualquer Coisa. Pediu pra eu acordar a dona Rebeca, que era importante. Depois sua mãe veio lá de dentro e disse pr'eu descer e comprar esse jornal aí. O jornal dela já tinha chegado, mas ela queria era esse aí.

Folheando as páginas abertas, Emílio as pôs em ordem até achar a primeira. Um boxe preto noticiava: Temporal para Centro e Zona Sul da Cidade. O texto abaixo dessa manchete descrevia as chuvas do dia anterior, que tinham causado um dos maiores engarrafamentos dos últimos anos no Rio, e havia três fotos em destaque: uma árvore enorme caída sobre uma Brasília numa rua de Copacabana; no túnel Santa Bárbara, motoristas tinham saído dos carros parados para tentar enxergar o que acontecia mais adiante; na rua das Laranjeiras, um homem caminhava com água acima dos joelhos, levando um filho pequeno nos ombros e puxando o outro, maiorzinho, pela mão.

— Olha a zorra de ontem! — ele disse para Célia. — Choveu pra caramba. Aqui na rua também ficou assim, que nem na foto. Do ônibus até a portaria aqui do prédio, eu andei com água até o joelho. Por aqui assim. — Ele mostrou com a mão, esticando a perna na cadeira. — Mas vim bem pelo canto da calçada pra evitar os bueiros. Não me olha com essa cara…

Quando se servia de uma segunda xícara de café, Emílio viu a outra notícia, ao lado das fotos do temporal. Nem tinha notado a manchete, em letras garrafais: O GLOBO DIVULGA O PROJETO DA ANISTIA. A notícia afirmava que o jornal tinha obtido, naquela madrugada, o texto a ser votado pelo Congresso Nacional. Os artigos do projeto de lei vinham reproduzidos entre aspas: "Concedida anistia a todos os que cometeram crimes políticos entre 2 de setembro de 1961 e 31 de dezembro de 1978".

6

Parecia até mentira que Vítor estivesse deitado na cama dele, de volta em casa, vivo. O irmão lhe contou o que tinha acontecido no primeiro dia da internação, quando ficou com os pais à espera de notícias no saguão do hospital e não parava de lembrar da abertura dos episódios de *O homem de seis milhões de dólares* na tevê.

— "Senhores, nós podemos reconstruí-lo" — Lúcio imitou a voz grave do narrador. — "Temos a capacidade técnica para fazer o primeiro homem biônico do mundo." — Reproduziu a pausa dramática antes de continuar — "Steve Austin será este homem. Muito melhor do que era. Mais forte, mais rápido".

Vítor pediu para ele parar, reclamando que não podia rir porque doía muito.

— Outro dia o filho do Sandro tava brincando com um boneco do homem de seis milhões de dólares. Porreta: tem um olho com lente de aumento. O braço levanta apertando um botão — Vítor comentou, ainda sorrindo e, ao mesmo tempo, fazendo uma careta de dor. — Bacaninha mesmo. Pensei logo em você. Porque, se fosse quando a gente era criança, o boneco não ia durar um dia na tua mão. Mas lá no hospital, pra mim, era mais *O túnel do tempo*, manja? Aquele corredor de luzes girando e mudando de cor. Medo de entrar pelo cano...

Naquele primeiro dia, o médico parecia que não chegava nunca, Lúcio lembrou enquanto se levantava para pegar um copo de água. Já devia ter passado uma hora, eles sem saber de nada, aquela confusão de emergência de hospital. Só quando Rebeca chegou e acionou o médico amigo dela é que conseguiram uma primeira notícia de que o paciente estava fora de perigo e iria sobreviver.

— Já foi um alívio, né? — disse Lúcio ao comentar a situação. — E a tia Célia ficou lá consolando a mamãe. As duas rezando pra São Judas Tadeu. A melhor coisa é ter uma devoção nessas horas, né? Pelo menos você fica com alguma coisa pra fazer. A mãe do Emílio ficou lá com elas, e ele arrastou a gente pra comer alguma coisa, eu e o pai. Aí, finalmente apareceu o médico pra dizer que a operação tinha dado certo. A bala não tinha perfurado nada importante, essas coisas que você já sabe. A história da tal lesão vascular, dos cuidados e coisa e tal. Esses troços. Deve ter sido a intervenção do santo que te salvou, olha aí. E nem precisou botar um braço biônico nem nada.

Nivaldo apareceu na porta do quarto, trazendo uma xícara de chá de capim-cidreira. Como Vítor precisava descansar, o irmão desceu para o primeiro andar, ainda com uma sensação estranha de desconfiança, de querer confirmar se aquilo estava acontecendo mesmo, não era um sonho ou qualquer coisa assim. Por um momento, parecia que tudo tinha voltado ao normal. O cheiro que vinha da cozinha denunciava que a mãe estava preparando os pratos preferidos do recém-chegado: frango ao molho pardo e tutu de feijão. Toninha parecia alegre, o sorriso largo de volta, atarefada com os preparativos daquele almoço em família. Mas o rosto, embora animado, também tinha uma ruga de preocupação e olhos fundos.

— Depois do almoço você também vai descansar um pouco, hein, dona Toninha — Lúcio disse, dando um beijo na mãe. — Vou botar a mesa pra gente. Como você conseguiu fazer tudo isso? Ele já pode comer essas coisas?

— Já pode comer tudo, o doutor disse! Sua tia Célia fez as compras, deixou a geladeira e a despensa cheinhas. Você não viu não, ontem? Ela disse que o Emílio ajudou a trazer as coisas todas. Acho que foi no domingo isso. Foi presente da dona Rebeca. Vou ligar pra agradecer. Ela ajudou com os remédios também. Sempre faz tudo pra vocês.

— Liga, sim. Mas depois descansa. Nem vi essa comidaria toda. No domingo fiquei lá no hospital direto. Só saí de lá de noite.

Ao voltar para a sala, Lúcio pensou no riso do irmão misturado com a careta de dor e sentiu-se estranhamente comovido. Quando Vítor era pequeno, chorava com uma careta parecida e ia esconder os brinquedos preferidos. Era bem menorzinho, mas ficava com raiva e já partia para a briga. Não queria nem saber. Não ia deixar o irmão mais velho doido pegar algum brinquedo dele. Por que tinha lembrado daquilo? Foi a história do boneco com uma lente no olho, Lúcio se deu conta ao abrir uma gaveta da cômoda para pegar a toalha de mesa. O que ele gostava mesmo de fazer, quando criança, era montar e desmontar coisas. Primeiro eram só os brinquedos: surrupiava umas ferramentas na caixa do pai e, meticulosamente, transformava um carrinho a pilha ou um boneco de plástico numa coleção de peças coloridas com as quais tentava fabricar coisas novas e mais interessantes. Os pais tentavam proibir, conversavam com ele, mas de nada adiantava. Ele continuava desmontando qualquer coisa que caísse em suas mãos. Tudo bem, após algum tempo de prática, começou a conseguir montar quase tudo de volta, caso lhe pedissem.

A coisa ficou mais séria quando Lúcio passou a fazer o mesmo com os eletrodomésticos da casa. Um dia, Toninha encontrou o rádio da sala aberto, com todas as pecinhas espalhadas em torno do filho de oito anos. Uma torradeira teve destino semelhante, apesar das broncas homéricas que levava. Mas, de novo, após algum tempo de prática, ele começou não só a remontar os aparelhos como também a fabricar coisas novas. Aos dez anos, construiu seu primeiro ventilador a partir de peças, fios e sucata. Pouco tempo depois, usando o motor de um carro de controle remoto que Emílio lhe deu, montou um aeromodelo. Foram inúmeras tentativas, ao longo de dois meses, mas conseguiu fazer o aviãozinho decolar, voar e pousar, Lúcio recordou satisfeito, enquanto ordenava os talheres e os pratos sobre a mesa. Para as outras crianças que testemunharam o feito, aquilo pareceu uma mágica ou um superpoder. Veio daí o apelido que ganhou dos meninos, de Professor Pardal.

Sempre foi assim: o filho crânio e o filho brigão. Ele tinha passado na prova para o Colégio de Aplicação e desde cedo ganhava seu próprio dinheiro com a oficina, consertando os eletrodomésticos dos vizinhos. O irmão só queria saber de jogar futebol, vivia arrumando confusão, recentemente quase tinha sido expulso do terceiro colégio. Os pais ficavam desesperados, faziam de tudo para impedir que ele acabasse bandido. Ou morto, ocorreu a Lúcio, que se sentou no sofá depois de pôr a mesa e agora fazia carinho em seu gato. A ideia lhe causou um calafrio e, de uma hora para outra, trouxe de volta a sensação de angústia que o perturbara durante a semana toda. Vítor tinha escapado milagrosamente, mas se vacilasse, voltavam para terminar o serviço, ou então vinha a polícia prender, sei lá, dizendo que se levou tiro é bandido, é traficante.

De repente, lembrou-se dos rostos soturnos dos dois policiais na viatura, na porta do Miguel Couto, naquela noite em que ele e Emílio saíram de lá para comer no Baixo Leblon. Talvez não fosse nada mesmo, como seu amigo tinha dito. Provavelmente estavam ali por outro motivo. Mas o pior era que ia ficar por isso mesmo: um idiota filhinho de papai tentava matar uma pessoa por causa de uma briga num jogo de futebol e quem ficava em perigo depois era quem tinha levado um tiro. Tudo de cabeça para baixo.

Os amigos de Vítor que estavam no jogo achavam que o garoto era filho de um coronel do exército. Se vacilasse, seu irmão acabaria preso por uma besteira qualquer. Viraria mais um preto brasileiro preso e torturado e morto pela polícia. Ou então sumiriam com ele e ninguém teria mais notícias, como fizeram com o pai do Emílio, Lúcio pensou, desalentado. Era melhor mesmo que a mãe levasse Vítor para passar um tempo em Minas, bem longe do Vidigal. Deviam ir sem falta, assim que ele tivesse condições de viajar. Já tinha falado sobre isso com o irmão no hospital, uma conversa bem mais tranquila do que esperava. A ideia dessa viagem lhe deu um pequeno alívio no meio daquela aflição toda, então se levantou e saiu com o Fantasma no colo para o quintalzinho da casa, enfeitado pelo brilho do sol nas plantas ainda molhadas pelo temporal do dia anterior.

Assim que Lúcio chegou perto da mangueira, no final do terreno, o gato se contorceu em seu colo e saltou com agilidade até o muro. Antigamente, dali para diante já começava a mata, não existia nenhuma daquelas casas descendo o morro, nem a do Gonçalo e da dona Odete, muito menos aquela do Elias que agora estava para alugar, com o puxadinho na laje. Lúcio se equilibrou, segurando num dos galhos da mangueira para conseguir, com um salto bem mais tosco do que o do Fantasma, tomar seu lugar no banquinho de madeira que ele próprio tinha instalado no muro para ser seu mirante particular. Dali podia ver o mar, amplo, estendendo-se até o horizonte em que encontrava o céu claro depois da chuva, sem sinal de neblina, uma faixa branca separando sutilmente os dois tons de azul. Tirou do bolso um cigarro já previamente enrolado e o acendeu rindo do gato, cujo rabo começou a oscilar como uma cobra porque um bando de saíras multicoloridas tinha pousado nos arbustos do terreno vizinho, já na beira da encosta.

— Nem adianta, Fantasma — Lúcio disse enquanto soltava a fumaça pelo nariz —, os passarinhos tão quietos, cuidando da vida deles. Tira o time de campo.

As nuvens que iam já muito longe no horizonte pareciam uma frota de barcos navegando no azul celeste, enquanto pontinhos brancos ficavam aparecendo e desaparecendo aleatoriamente no azul marinho. O que poderia ser uma ilha, bem no canto esquerdo da paisagem, eram na verdade os morros de Niterói à distância. Bem mais próximo, nítido em seus contornos luxuosos, o grande prédio do hotel Sheraton estava fora de lugar, como se fosse um pedaço de Ipanema deslocado ali para a avenida Niemeyer, de onde as faixas urbanas irregulares dos barracos subiam as encostas como tentáculos descarnados, espalhando-se pelo verde que cobria a base do morro Dois Irmãos. Os urubus planavam em círculos perto da grande rocha, lá no alto, ganhando altura para observar de cima tudo o que estava acontecendo morro abaixo, até a avenida na beira do mar.

Antes de existir aquele hotel enorme, Lúcio se lembrava de descer com os amigos para a prainha agora ocupada por hóspedes estrangeiros cheios de grana. Antigamente, aquela era a praia do Vidigal, e não a praia do Sheraton. Mas era preciso "fazer o bolo crescer", não era o que dizia o ministro da Fazenda? Que ideia... Por que não roubar a praia dos pobres e dar para os turistas que frequentavam aquele lindo hotel à beira-mar? Um dia iam repartir o bolo, não iam? Vocês podem esperar sentados, seus panacas.

A faixa branca da espuma e a faixa cor de areia da praia de Ipanema dividiam o quadro, uma curva suave entre o mar e a cidade, como pensou Lúcio, lembrando de sua aula de pintura no parque Lage. As construções na orla de Ipanema, blocos de alturas diferentes, lhe pareceram uma muralha medieval com torres de observação à espera do ataque de uma armada.

7

Naquela manhã, pouco antes de acordar, Emílio sonhou com a mulher alta de olhos verdes que ele tinha visto (ou imaginado) no metrô, no dia do temporal que alagou a cidade. No sonho, alguém tocou em seu ombro e o chamou pelo nome em meio à confusão de uma festa, na varanda lotada de gente. Quando olhou para trás, ele a reconheceu de imediato pelos olhos. Ela usava um vestido meio prateado, o cabelo ruivo parcialmente preso numa trança grossa. Era estranho que ela simplesmente soubesse o seu nome e conversasse com ele, mas a maior surpresa era a frase que disse: "Ele vai voltar, agora com a *amnistie*".

Já semiconsciente de estar sonhando, Emílio se deu conta de que as palavras ditas por ela eram as mesmas que tinha ouvido antes, numa outra festa. A mulher repetiu no sonho o que dissera Mendes, um dos convidados da Antônia. A festa de verdade tinha sido a comemoração do aniversário dela. Antônia, a melhor amiga da mãe, morava na Itália fazia algum tempo, mas costumava vir pelo menos uma vez por ano passar uma temporada no

Rio. Estava hospedada no apartamento deles desde a semana anterior, dormindo no quarto de hóspedes que antigamente era o escritório do pai de Emílio.

A casa tinha ficado ainda mais movimentada do que de costume: a campainha não parava de tocar, caixas e sacolas chegavam aos montes, mesas de armar foram arrumadas no terraço, entregadores entravam e saíam a toda hora, coordenados por uma moça afetadamente simpática que, como a namorada dele, se chamava Aline. Os amigos da hóspede e da anfitriã apareciam para visitar de repente, sem aviso, de modo que por duas noites seguidas, na quinta e na sexta, aconteceram no apartamento reuniões ou pequenas festas espontâneas que foram chamadas de *prévias*. Eram versões reduzidas da comemoração que viria a acontecer no sábado, na qual haveria, aí sim, garçons, barman, a saleta do segundo andar convertida em discoteca, dezenas e dezenas de convidados.

Sua mãe, nessas situações de festa, ficava sempre radiante. Rebeca tinha esse dom de atrair as pessoas, que pareciam gravitar ao seu redor. Fernando não saía de perto enquanto os convidados circulavam em torno dela. Aurélio, amigo de infância, também marcava presença ao lado da dona da casa. O antigo namorado dela, Bruno, chegou desacompanhado e veio animado cumprimentar Rebeca na varanda, o rosto queimado de sol, o sorrisinho irritante. Ele despertou recordações desagradáveis em Emílio porque morava no mesmo condomínio de São Conrado em que acontecera a briga no futebol que acabou com Vítor levando um tiro.

Deixando a mãe na varanda cercada por seus convidados, Emílio voltou para a sala e sentiu-se aliviado ao ver Laís chegar com o pai dela.

— Cadê meu amigo? — o recém-chegado perguntou.
— Deve estar nervoso, coitado, com todo esse movimento.

— Tá lá na área, dormindo, na certa. — Emílio entendeu que ele se referia a Barão, porque Ítalo adorava cachorro.

Estranhou ver sua amiga arrumada, o cabelo preso, vestido justo, ela que sempre andava de calça Lee, meio largada, com umas camisas de bandas de rock. O vestido era do ateliê da Rebeca, que outro dia, aliás, tinha dito para Antônia, rindo: "Se todo mundo fosse que nem a amiga do Emílio, eu iria à falência". Providenciou um copo de cerveja para Ítalo e fez um gesto discreto para que a amiga o seguisse, porque queria mostrar uma coisa.

— Peraí, antes, o bar que você disse que tinha! — Laís disse enquanto o puxava para a varanda.

Quando entraram no quarto dele, já com suas taças de margaritas, Emílio se sentou na cadeira de rodinhas e deu um impulso, fazendo uma pose exagerada, com a cabeça para trás. Laís se instalou num canto da cama, parecendo sem jeito por estar arrumada e de rosto pintado. Fez um gesto com o dedo indicador e o polegar, indicando que queria fumar, e Emílio tirou da gaveta uma caixinha metálica junto com uma carta.

O assunto, claro, era Aline, Laís pensou.

— Foi dureza ler isso… — ele disse. — Vou te mostrar. Ela não quer voltar pro Brasil.

— Manda brasa… — Laís respondeu, enquanto examinava distraidamente, como sempre fazia ao entrar naquele quarto, a foto grande de Luís (muito novo e lindo) e o velho mapa-múndi na parede.

Emílio deu um gole na margarita, acendeu o cigarrinho que já estava preparado e explicou que não sabia o que esperar do fim do intercâmbio. Sempre achava as cartas de Aline meio frias, essa última, então... Leu um trecho que lhe parecia especialmente distante, sobre os preparativos para o trabalho final do curso de cinema e a dificuldade que ia ter com a volta. *Não só com o ranço escravocrata que você percebe no dia a dia*, ela escreveu, *mas principalmente com a vida que a gente leva: a hipocrisia, o cinismo, a violência, as censuras, os vizinhos reacionários, sorridentes e orgulhosos*. As fotos dos generais em Brasília lhe davam engulhos, não aguentava ser obrigada a ver mais um deles com a faixa de presidente, agora esse Figueiredo, não bastasse ter sido o chefe do Serviço Nacional de Informação.

— E coisa e tal, e por aí vai. Olha só...

Laís interrompeu a leitura dele para comentar que Aline tinha escrito para ela também. A preocupação agora, como explicou, era o risco de que a anistia fosse confundida com um aval para o esquecimento dos crimes praticados pela ditadura. Pronto, começou, Emílio se deu conta. Laís, já exaltada, disse que o problema era que o governo, desde os tempos do Geisel, precisava lidar com os setores fanáticos da extrema-direita, que iriam fazer de tudo para evitar a abertura.

— Lembra o que o Figueiredo falou no fim do ano passado? Um troço inacreditável — ela disse. — "É pra abrir mesmo. E quem não quiser que abra, eu prendo e arrebento!" — pronunciou com uma voz empostada, referindo-se à resposta, publicada nos jornais de então, dirigida aos militares resistentes à abertura política.

— Agora, se o homem diz uma barbaridade dessas na primeira entrevista, você acha que ele vai aceitar a anistia como o Comitê defende? Acha que ela vai ser "ampla, geral e irrestrita"? — perguntou, num gesto teatral. — Tá mais pra "lenta, gradual e segura", né? Claro que tem a pressão popular. A faixa da campanha já apareceu até em arquibancada de estádio de futebol, mas, no melhor dos casos, o Figueiredo vai ser uma continuação do Geisel. Um Geisel de pavio curto, já pensou? Só que "segura" — ela fez um gesto com os dedos para marcar as aspas no ar — quer dizer, na verdade: sem condenar os torturadores.

— Mas, Laís, eu concordo com vocês. Pô… — Emílio queria trazer de volta a conversa para o assunto muito mais banal da frieza de sua namorada.

A fumaça pairava na frente do rosto de Laís, formando uma espiral. Emílio teve uma sensação de *déjà-vu*, ao observar o rosto dela por trás daqueles anéis brancos espiralando no ar.

— Pode até vir uma abertura — Laís continuou, ignorando a interrupção —, quem sabe um presidente civil daqui a uns anos. Mas esses facínoras vão continuar aí? O reacionarismo de toda essa gente que cola *Brasil, ame-o ou deixe-o* no vidro do carro vai continuar existindo. É impossível amar esse Brasil, né? Nisso a Aline tem razão. Esses caras são uns terroristas, você não faz ideia das histórias que tenho ouvido do meu pai. Eles já conseguiram acabar com a luta armada, já mataram o Lacerda e o Marighella. Agora, tem uns troços que a gente nem fica sabendo.

— Claro, vocês têm razão. Eu tinha lido o comentário da Aline só pra mostrar que ela não quer voltar pro Brasil, parece... Tava preocupado era com isso.

— Deixa de ser bobo! — Laís disse, de supetão. — Deve ser difícil mesmo voltar pra cá depois de tantos meses fora, coisa e tal. Pensa só. E esse jeito que você achou frio é só porque a Lili também fica preocupada com o que vai encontrar. Não sabe o que esperar. Vocês fizeram essa combinação maluca de relacionamento aberto enquanto ela estivesse fora, aí ficam os dois sofrendo. Mas não se preocupa, ela sentiu sua falta. Vocês vão se entender quando ela chegar aqui, ué.

Quando voltaram para a festa, os dois passaram de novo pelo bar para providenciar dois copos de gin tônica e foram se instalar numa mesinha ao ar livre, na varanda. Antônia se aproximou deles, toda simpática, e apresentou Mendes, um amigo que também morava fora e, como ela, estava de passagem pelo Rio. Ele queria umas dicas de lugares da noite carioca.

— Olha aí, pessoas da idade certa pra você consultar — Antônia disse ao chegar perto da mesa. — Não é mais o Beco das Garrafas, com certeza.

Mendes era um sujeito baixo e moreno, o cabelo com cachos como pequenas molas que se mexiam de um jeito engraçado. Gesticulava muito e falava depressa, com um leve sotaque, indefinível. Às vezes, usava umas palavras francesas no meio das frases em português. Emílio e Laís se divertiram com as histórias que ele contou sobre suas decepcionantes visitas a umas boates de Copacabana que ele conhecia de mais de dez anos antes, quando tinha estado no Rio da última vez. Deram dicas dos bares que frequentavam na Lapa por causa de Nuno.

— Lá no Canadá eu quase nunca saio. Minha mulher não gosta, e meu filho mais novo é criança ainda — Mendes falou. — A gente passa o inverno inteiro enfurnado em casa ou andando por baixo da terra.

Ele contou que, quando estudava na França, conheceu uma canadense com quem acabou se casando. Depois de intermináveis viagens de avião cruzando o oceano Atlântico e de muitos percalços, surgiu uma oportunidade inesperada, e ele se tornou professor da Universidade de Montreal.

— Tem que agarrar a oportunidade pelos cabelos, né? Quando ela aparece assim... — ele disse. Depois explicou que ensinava Letras Clássicas na faculdade, indicou Emílio com um gesto e comentou: — Conheci muito bem o seu pai. Grande homerista! Ele tava no doutorado já quando eu comecei o curso de Letras. Depois ele até me ajudou a encontrar um orientador em Lyon pra fazer a pós-graduação.

Emílio ficou tão surpreso por estar diante de um amigo do pai, professor como ele, que num primeiro momento nem soube o que dizer. Passaram por sua cabeça lembranças dos livros pesados sobre a mesa do escritório, com reproduções de esculturas gregas, mapas antigos, fotografias de escavações, e também de conversas que ele ouvia quando criança, com alunos ou colegas que visitavam o pai. Laís respondia às perguntas de Mendes sobre a faculdade de História, especialmente sobre o movimento estudantil. Seu interlocutor tinha participado dos protestos de maio de 1968 na França, o que a deixou especialmente interessada. Ele contou que, junto com alguns colegas de Lyon, foi de trem para Paris levando só uma muda de roupa, saco de dormir e escova de dente. Cada noite iam parar em uma casa diferente. Além das passeatas e das barricadas, o que mais faziam durante os dias era grafitar frases nos muros:

— *A imaginação toma o poder*; *Sejam realistas, demandez l'impossible*; *Il est interdit d'interdire* — Mendes enumerou. — Principalmente essa última, "É proibido proibir", acho que a gente escreveu isso umas cem vezes nas paredes.

Quando Laís foi ao banheiro e deixou os dois sozinhos, ele interrompeu seu relato sobre 1968. Ficou alguns segundos olhando para Emílio com um ar sério, pensativo. A expressão não combinava com seu jeito até aquele momento. Mendes se aproximou mais, pondo o cotovelo sobre mesa para apoiar o copo, e disse:

— Eles podem ter se escondido, você sabe, né? Seu pai e os outros. Cada um ficou exilado num lugar diferente. Tem gente que acha que seu pai morreu. Eu acho que ele vai voltar, agora com a *amnistie*. O que você devia fazer é procurar os amigos dele daquela época que já voltaram pro Brasil. O Nestor e o Emanuel. Um dos dois deve ter alguma notícia pra te dar. O Emanuel eu soube que tá aqui, o Nestor já voltou faz tempo da França. Tem uma pessoa, lá do teu instituto, que pode conseguir os endereços dos dois pra você. O Miranda, professor, você conhece, né? Eles não vão falar nada por telefone, mas podem ter alguma notícia.

Emílio ficou calado por algum tempo, sem reação, observando a expressão serena, mas firme, convicta, com que Mendes o encarava. A ideia de que seu pai pudesse estar vivo lhe parecia, ao mesmo tempo, uma fantasia completamente delirante e um fato concreto, mas estranho, inexplicável. Ele assentiu, claro, iria procurar aquelas pessoas, e então a chegada de Laís interrompeu o assunto, já que Mendes retomou seus relatos sobre as ocupações estudantis, os confrontos com a polícia e seus encontros com Daniel Cohn-Bendit e Jacques Sauvageot, líderes do movimento.

No sonho que Emílio teve depois, a mulher alta de olhos verdes repetiu o que ele tinha ouvido de Mendes. Ao acordar, ele lembrou que eram aquelas palavras porque ela falou *amnistie* em vez de *anistia*. Mas no sonho não estava de noite, como na festa, e sim de manhãzinha, ao nascer do sol. E o terraço não era bem o da casa dele, porque a vista dava para uma praia longa, em curva (talvez a de Copacabana?). De repente, depois de falar, a mulher desapareceu, e Emílio ficou olhando para aquela paisagem da praia ao nascer do sol. Lá embaixo, entre a extensa faixa de areia e a imensidão cinza azulada, a espuma branca de uma fileira de ondas se espalhava calmamente e em seguida voltava a se recolher. O alvorecer abria seus dedos como uma gigantesca mão transparente, colorindo as nuvens de um tom avermelhado. Pelo céu lilás, entre essas nuvens, passavam bandos com dezenas de pássaros marinhos de asas finas, com rabos em forma de tesoura.

8

Os nomes nem sempre definem bem as coisas, Emílio pensou. A calçada estava lotada de carros estacionados, mas ele tinha conseguido achar um lugar para prender a bicicleta na grade de um canteiro, bem ao lado de uma Brasília bege. Dar a um carro sem graça desses o nome da capital do país podia ter sido uma piada de um engenheiro alemão da Volkswagen. Ao lado dessa Brasília, havia um Opala novinho, branco com faixas pretas nas laterais e no capô, com um grande "SS" escrito numa das extremidades das faixas. Que tipo de gente ia querer andar por aí com um "SS" nazista estampado no carro?, Emílio se perguntou enquanto passava a corrente pela grade do canteiro. Mas ele sabia que SS era o nome daquele modelo esportivo e não a abreviação do nome da tropa de Hitler que tinha anotado outro dia na aula de História Contemporânea.

Só quando entrou no Bob's da praia de Botafogo Emílio se deu conta de que aquele era o horário de saída das escolas. Péssima escolha de hora, deveria ter ido direto andar de bicicleta na praia, como era sua intenção ao sair de casa. Não desistiu de vez da lanchonete porque tinha acabado de se dar ao trabalho de achar um lugar entre os carros, desenrolar a corrente, selecionar a chavinha do cadeado entre as dez chaves penduradas no chaveiro, prender a bicicleta… Tomou coragem para abrir espaço em meio a dezenas de crianças e adolescentes até conseguir alcançar o caixa. Pediu um milkshake de Ovomaltine que foi tomar lá fora, apoiado no capô da Brasília bege, em frente ao carro do nazista. Tinha passado a manhã inteira com dor de cabeça, fechado no quarto, e aquela explosão de açúcar ajudava a curar o resto da ressaca.

Às vezes ficava irritado com o jeito da mãe em festas ou eventos sociais, quando ela bancava a viúva rica e frívola. Parecia estar representando um papel numa peça, sei lá. Teve uma hora, mais para o final da festa, em que sobrou só um grupo pequeno dos amigos dela, e Bruno disse: "Rebeca é muito mais esperta do que a gente, não conheço nenhuma mulher que pensa como ela". Que coisa idiota para alguém dizer, Emílio avaliou. O sujeito ainda completou: "Ela faz a gente de bobo". Rebeca estava por ali e ouviu aquelas coisas, mas ignorou, tentando disfarçar uma expressão de incredulidade. Antônia não deixou passar: "Vem cá, isso não tá cheirando a machismo, não?", perguntou, rindo, mas firme. E o sujeito nem se abalou, nem era com ele. Ficou ali olhando para a mãe do Emílio daquele jeito cafajeste, na certa lembrando de quando ela tinha recusado o pedido de casamento dele.

O papel de viúva linda e sorridente era o que a maioria dos amigos parecia esperar, ele pensou, já montado na bicicleta para atravessar a avenida até a praça onde babás uniformizadas conversavam animadamente enquanto empurravam carrinhos de bebê. Sua mãe depois vinha com aquelas oscilações de humor, só que quase ninguém sabia disso porque durante os eventos sociais ela era sempre a perfeita anfitriã. Ao acordar, tarde como de costume, ela tinha saído do quarto com o olhar melancólico que ele conhecia bem. Se não fosse Antônia para animá-la, na certa teria ficado deitada o dia inteiro. Emílio desviou a bicicleta de um menininho de velocípede e quase bateu num cachorro imenso, malhado, que estava andando solto na beira de um gramado. O bicho parou de cheirar o chão para olhar a bicicleta, então ele se aproximou do senhor com a coleira na mão e perguntou se era um dinamarquês, só porque achou que falando com o dono evitava o risco de ser perseguido por aquele monstro.

O contorno familiar dos morros dividia a paisagem em duas faixas horizontais: o cinza azulado do mar, salpicado de barcos coloridos, e o azul-claro do céu de inverno. No meio da paisagem, o Pão de Açúcar parecia mesmo um teorema geométrico, ocorreu a Emílio, lembrando de uma frase que tinha lido em algum lugar, citação de uma citação. O problema com sua mãe era aquela balança imprecisa, inconstante, oscilando da tristeza dos momentos nostálgicos à afetação alegre e casual dos dias de festa. Ainda bem que ela tinha o ateliê e as demandas de trabalho. Parecia empolgada com seus desenhos, as roupas que iam chegar, as coleções que iam ficar prontas, primavera-verão, outono-inverno e coisa e tal. A cabeça dela no futuro em vez de no passado.

Pedalando pelo calçadão, Emílio observou os banhistas corajosos espalhados na areia da praia de Botafogo, ignorando a placa vermelha informando que o local era impróprio para banhos e a mancha escura que formava uma curva sinuosa em direção às águas calmas da baía de Guanabara. No fim do calçadão, ele fez força nos pedais ladeira acima até alcançar a calçada em declive ao lado de um muro branco com formas onduladas, meio-círculos com grades azuis intercaladas aos ladrilhos com desenhos de barquinhos. Teve que pensar de novo no Bruno, que era casado com Alessandra na época em que os filhos dela, Marcelo e Adriana, passavam tardes de verão naquele clube com Emílio.

Quando foi isso? Em setenta e dois? A menina, Adriana, regulava com ele, deviam ter uns dez anos mais ou menos. O menino era mais novo, franzino, mimado, dava uns ataques inacreditáveis com a mãe. Era até engraçado pensar que depois ele virou aquele cara tranquilo, calado, de quase dois metros de altura, com quem jogava bola de vez em quando nas peladas do condomínio. Emílio se lembrou justamente de uma vez em que foram jogar na quadra do clube e Marcelo, criança, veio dizer: "A minha irmã gosta de você". Ficou meio envaidecido e meio nervoso, porque ele, por sua vez, gostava da amiga dela, Patrícia, com quem teve um daqueles namoros infantis que duram só uma tarde de verão. Os dois ficavam nadando um atrás do outro naquela piscina imensa, que tinha até uma ilha. Se fosse lá agora, na certa descobriria que não era tão grande assim, pensou, enquanto observava pela grade as ruazinhas que havia atrás do muro.

Emílio se perguntou por que raios estava a caminho do lugar que era o quartel-general dos militares. O prédio que havia do outro lado da avenida era, até uns cinco ou seis anos antes, a Faculdade Nacional de Medicina, onde tinha acontecido o Massacre da Praia Vermelha. A lembrança que lhe veio então foi de Ítalo contando, um dia, lá na casa de Laís, sobre a invasão daquele prédio pela polícia: os estudantes tinham ficado cercados o dia inteiro e, de madrugada, depois de derrubarem o portão, os policiais fizeram uma espécie de corredor polonês para espancar todo mundo que saía. Ítalo achou que ia morrer de tanto apanhar: perdeu dois dentes, fraturou uma costela, teve que levar dez pontos na cabeça. Aquilo foi em sessenta e seis, não foi? Só dois anos depois do golpe?

O nome *Iate Clube do Rio de Janeiro*, escrito no muro ao lado da portaria, evocou a recordação mais amena de um passeio de lancha pela baía, com Bruno, Alessandra e os filhos dela. Sentiu-se constrangido, de repente, pela noção daquele contraste, ele se divertindo enquanto pessoas eram massacradas. Tinham ido de barco até a praia deserta de uma ilha, passando perto dos pilares gigantescos da ponte Rio-Niterói ainda em construção. Teria sido isso no mesmo verão das tardes na piscina com a Patrícia?

Enquanto organizava suas lembranças, Emílio parou a bicicleta, sem saber se virava à esquerda na direção da mureta da Urca ou se continuava até a praia Vermelha. A lancha era de Bruno. Ele tratava mal os filhos da mulher, era superautoritário, os dois detestavam o padrasto. Foi se separar da Alessandra só depois, fazia uns quatro anos, talvez, por isso era tão constrangedor quando se lembrava daquele verão: do modo como o futuro pretendente de sua mãe já passava o tempo todo conversando com ela, fazendo galanteios, na frente da própria mulher e das crianças.

O bondinho que rumava para o morro da Urca passou tão perto, por cima da cabeça de Emílio, que dava para enxergar os rostos alegres dos turistas. Na praça com nome de algum general, ele chegou ao monumento com esculturas de soldados e porta-bandeiras que sustentam o pedestal encimado por uma espécie de anjo. Já conhecia a inscrição, "Aos heróis da Laguna e Dourados", mas só recentemente tinha estudado aquele episódio da Guerra do Paraguai na faculdade. Ótima ideia um monumento a um erro militar, ele pensou, ironizando a expressão de sofrimento no rosto de uma das figuras esculpidas. Lembrou-se da descrição que seu professor fez da retirada forçada de milhares de soldados, que foram morrendo sob os ataques da cavalaria paraguaia, mas também de tifo e cólera, isolados do resto do exército, passando fome. Os grandes feitos do exército brasileiro. Heróis? Voluntários da Pátria, os pobres? Os escravos alforriados mandados para morrer? No fundo, foi na Guerra do Paraguai que começou a coisa toda, essa longa história de golpes autoritários que é a política brasileira.

Emílio seguiu até a praia Vermelha, onde barracas e cadeiras coloridas ocupavam a pequena faixa de areia diante do mar calmo, azul-escuro com reflexos prateados do sol. Então avançou a pé pela beirada do calçadão, empurrando a bicicleta em direção ao final da prainha. Não dava para negar que eles tinham escolhido o lugar mais bonito da cidade, constatou, diante das torres e casas do Círculo

Militar, com as janelas voltadas para a vista da faixa de mar entre os paredões de pedra do morro da Babilônia e do morro da Urca. A bandeira do Brasil tremulava ao vento, hasteada numa extremidade do muro.

Depois de equilibrar sua bicicleta num canteiro, Emílio sentou-se na beira do calçadão, de frente para o Pão de Açúcar, contemplando a pirâmide cinza que, com seus ângulos e arestas, erguia-se abrupta do morro verde. Lembrou-se de repente da cara de tacho de Bruno na noite anterior, no fim da festa, porque do nada sua mãe tinha começado a falar do marido desaparecido, do que ele teria dito, da falta que ela sentia, essas coisas. De vez em quando ela fazia isso, e era estranho porque deixava as pessoas em volta constrangidas, sem saber o que responder. Ela parecia esquecer suas falas na peça ensaiada e, sem se dar conta, abandonar completamente a personagem da perfeita anfitriã simpática.

Quando Emílio era criança e foi passar uma temporada com o avô em Petrópolis, logo depois que o pai foi embora, o apartamento deles da rua Paissandu foi vasculhado por soldados, que apreenderam pilhas e pilhas de papéis, pastas, livros e documentos. Na verdade, segundo sua mãe, todos aqueles papéis eram só o tipo de coisa que um professor guarda: roteiros de aulas, textos mimeografados, trabalhos e provas de alunos em papel almaço. Se não tivesse desaparecido, seu pai ainda estaria dando aulas sobre Homero para estudantes que, como Mendes tinha dito na noite anterior, não foram doutrinados pela Educação Moral e Cívica que os militares tinham incluído no currículo escolar.

Um grupo de oficiais fardados, saídos do Círculo Militar, o fez recordar-se do sujeito que lhe fez perguntas uma vez, quando era criança, na casa de Petrópolis do avô. O homem da sua lembrança parecia saído de um filme de guerra. Era um gigante, mas até simpático, porque sorria e conversava sobre seu pai como se ele estivesse fazendo uma viagem e fosse voltar em breve. Foi só bem mais tarde, quando já era adolescente, que o avô um dia lhe contou sobre os interrogatórios pelos quais a mãe dele tinha passado. O que a salvou de consequências mais graves foi a intervenção de um dos tios dela, que era comandante da Marinha. Se não fosse por isso, era provável que ela também tivesse desaparecido. E ninguém teria notícias dela, como nunca tiveram do pai.

Era possível acreditar naquela ideia trazida por alguém vindo de tão longe?, especulou Emílio ao pensar na conversa com Mendes na noite anterior. Quem sabe os documentos suspeitos, tirados do apartamento tantos anos atrás, à espera de quem os decifrasse, tivessem sido guardados num daqueles prédios, bem ali depois do Pão de Açúcar, no edifício imponente da Escola Superior de Guerra. Erguendo os olhos, Emílio observou então, lá no alto da pirâmide de pedra, a pequena estação que parecia uma nave espacial. Como sua boca metálica de tempos em tempos era alimentada por um dos bondinhos cheios de turistas, ele se deu conta de que estava com fome e se levantou para pegar a bicicleta.

9

REBECA PASSOU PRIMEIRO na floricultura da rua das Laranjeiras, a caminho do ateliê. Bárbara, sempre muito receptiva, quis que ela levasse as gérberas amarelas e vermelhas, que estavam mesmo deslumbrantes, mas ela acabou preferindo um buquê misto de astromélias. Era uma simpatia aquela menina, constatou Rebeca enquanto acendia um cigarro. Ainda bem que Soninha encontrara uma vendedora assim, e tão entendida de botânica. Tinha dado dicas preciosas, inclusive, durante a fase de pesquisas para as estampas da coleção nova. E era tão bonita também, com aquele corte *pixie*, bem Audrey Hepburn, de franja desfiada. Ficava bem nela, uma graça. Rebeca se lembrou então de quando usava o cabelo curtinho, aos vinte e poucos anos, na época em que conhecera Luís.

Um mês depois de se encontrarem pela primeira vez, fizeram uma viagem a Tiradentes, os dois no Fusca verde que ela tinha acabado de ganhar do pai: alguns dias na pousada da dona Lena, passeando pela cidadezinha, depois pegaram aquelas estradas de terra vermelha na serra do Cipó. Lembrou-se de Luís deitado de lado, na pedra da cachoeira, tão lindo, sorridente, enquanto fingia tirar uma foto dela, que tinha mergulhado nua na água gelada do poço. Também não tinha medo de água fria, ora, logo ela, praticamente criada numa fazenda não muito longe dali, como tinha respondido ao sair da água e passar a mão na cabeça, sentindo-se leve sem o cabelo comprido, molhado e gelado para pesar no pescoço. Rebeca, parada diante do balcão da floricultura, chegou a repetir o gesto de passar a mão nos cabelos, movida por aquela recordação. Mas não, não tinha mais idade para fazer um corte assim, ela pensou, e não era muito ousada nessas horas mesmo. Às vezes dava vontade de mudar, só que chegava ao cabelereiro e, no final, acabava mantendo o penteado que combinava tão bem com seu rosto, aquele em camadas, com a franja reta.

Enquanto Bárbara terminava de preparar o buquê, foi ver as orquídeas também, claro, porque queria fazer uma homenagem aos desenhos que tinha escolhido para a estampa do vestido envelope. A vendedora, de longe, indicou uma *cattleya* lilás manchada de roxo e uma *oncidium*, mais delicada.

— Parecem umas borboletinhas amarelas — Rebeca disse, sorrindo, ao apontar a profusão de pétalas nos ramos finos, colunas e labelos (ela tinha aprendido os nomes com a própria Bárbara), rajadas de manchas marrom-avermelhadas.

As flores iriam ser entregues mais tarde no ateliê que, desde o ano anterior, funcionava numa casinha de vila da rua Gago Coutinho. A reforma tinha sido uma longa dor de cabeça para Rebeca, durante todos aqueles meses lidando com o empreiteiro e a equipe dele. Que homem mais cabeça-dura, pensava. Ainda bem que podia contar com Fernando, que era sempre solícito e calmo, um amor. Deu um suspiro, talvez até um pouco triste, ao lembrar-se de quando Fernando era, naquele tempo, só o arquiteto fazendo a reforma da casa dela.

Ao entrar na vila, se deu conta de que ainda não conseguia chegar a seu novo local de trabalho sem pensar nos problemas da obra. Mas, na verdade, isso era bom, porque voltava a sentir o alívio de encontrar a casinha já pronta: o tom certo, enfim, na fachada terracota, nenhum sinal de entulho ou material de construção na entrada enfeitada pelas flores roxas da bougainvíllea, que tinha crescido lindamente. Muito melhor a vida depois da mudança, sem ter que dividir o tempo entre sua casa, o filho, o trabalho no antigo ateliê do apartamento da rua Coelho Neto e a dor de cabeça de acompanhar a obra.

A casinha era um achado, Rebeca disse a si mesma, satisfeita, ao parar diante da porta para acender mais um cigarro e examinar os galhos da bougainvíllea, presente da vizinha junto com o lindo vaso de ardósia. Sentia-se satisfeita por ter conhecido melhor Vânia, com quem vinha tendo conversas ótimas nos intervalos do trabalho. A coitada devia ter ódio dela por causa daqueles meses de quebra-quebra, pensou enquanto revirava a bolsa, cheia demais como sempre, à procura da chave. Vânia era psicanalista e atendia ali, na casa geminada à dela. Como tinha feito?, ela se perguntou, já com o chaveiro na mão, soprando devagar a fumaça do cigarro, distraída. Talvez escondesse um plano secreto de vingança, como Rebeca brincou ao conhecê-la.

Ela abriu a porta de imbuia que era seu grande orgulho, resultado de meses de garimpo na rua do Lavradio, e o telefone começou a tocar bem na hora que entrou. Bianca lhe deu bom-dia do meio da escada, indecisa por um momento, sem saber se descia a caminho do escritório ou se voltava para atender no quarto de cima. Decidiu descer, afinal. A blusa canelada de gola rolê da coleção passada tinha ficado bem com aquela calça jeans de cintura alta, Rebeca avaliou ao vê-la passar depressa, escada abaixo, com uma expressão um pouco tensa no rosto, o cabelo preso numa trança embutida.

Ao entrar no quarto lateral, observou satisfeita as longas araras de onde pendiam os vestidos frente única de *chiffon* e as blusas *cache-coeur* com estampas de flores parecidas com aquelas que tinha escolhido pouco antes na floricultura. Se fosse no ateliê antigo, estaria tudo apertado na sala, junto das máquinas de costura. Sem dúvida tinha sido a decisão certa deixar de dividir o espaço com Cândida. E oito anos era muito tempo. Continuavam amigas, agora livres dos contratempos daquilo que chamavam de *nosso casamento*. Separação amigável, Rebeca sentenciou mentalmente ao se instalar na cadeira, diante da mesa do escritório organizada por sua assistente, e apagar o cigarro no cinzeiro grande, cinzelado, que tinha ganhado do pai. Mas era muito estranho pensar nisso de casamento agora, parecia algo absurdo. Não o casamento de trabalho com a Cândida, mas a ideia de se casar de novo que andara passando por sua cabeça.

Não seria a melhor coisa a fazer? Já estava cansada de ser a viúva em luto de um marido desaparecido. Nos primeiros anos, depois que Luís tinha ido embora, não faria sentido uma ideia dessas, ela nem cogitava. Tudo o que fazia então era esperar, procurar pistas, esperar, esperar, ficar atenta a qualquer informação que pudessem dar sobre ele, esperar como uma Penélope enquanto tecia e depois desfazia o tecido, obrigando os outros a esperarem por ela.

Anos depois, quando Bruno a pediu em casamento, ela ficou em choque. Estavam juntos fazia só alguns meses, não era para ser uma coisa séria. Emílio devia ter quatorze ou quinze anos já e detestava Bruno, ainda por cima. Com razão, ela considerou, rindo daquilo, mas meio sem graça, enquanto organizava as contas a serem pagas e abria o talão de cheques. Parou de sorrir logo, porque era incômoda a lembrança daquele seu pretendente inadequado que, ainda por cima, era um militar. Médico, mas oficial do exército. De repente, o telefone tinha começado a tocar de novo.

— Você atende, Bianca?

Claro que não ia se casar logo com Bruno, Rebeca pensou contrariada, lembrando-se da festa do outro dia e dos comentários que ele tinha feito. Aquele homem tacanho, reacionário, embrulhado numa embalagem de loja de grife. Parecia estar sempre chegando da praia, queimado de sol, perfumado, cada dia com um relógio diferente, e querendo agradá-la com presentes caros, flores, surpresas, jantares. A recordação desagradável foi interrompida por sua assistente, que trouxe a pasta grande, mostrou com uma expressão empolgada que eram os rascunhos dos croquis e a deixou na bancada, perto da mesa de luz. Disse que era a Ana Cláudia ao telefone, da revista *Manequim*, para confirmar as fotos da semana seguinte. Fazendo um gesto com a mão espalmada enquanto terminava o último cheque, Rebeca perguntou se ela já tinha conseguido falar com Verônica e Lena, as duas costureiras.

— Sim, tudo combinado — Bianca confirmou.

Já era o horário dela de almoço, como sua chefe notou ao vê-la consultar discretamente o relógio. Uma hora da tarde, nem tinha percebido!

— Deixa o banco pra volta, tá? Vai almoçar logo, agora que eu vi a hora. Só não esquece de trazer um pacote de Continental, por favor — ela disse, enquanto mostrava para a assistente a pequena embalagem branca e azul de onde tirou um dos últimos cigarros.

No dia seguinte, ficaria mais focada nos afazeres do ateliê, Rebeca prometeu a si mesma enquanto acendia o cigarro. Quando a porta se fechou, ela até se sentiu aliviada por estar sozinha. Tinha muito o que pensar, mas as ideias se embaralhavam na sua cabeça. Acendeu o abajur alto e tirou os croquis da pasta. Bianca tinha evoluído nos desenhos, só o formato é que poderia ser um pouco mais alongado, por isso ela deixou o cigarro no cinzeiro e começou a arrumar seus lápis e papéis na mesa para iniciar as revisões dos croquis. Mas, depois de arrumar tudo, desistiu e deixou para fazer aquilo depois.

O Bruno tinha sido tão insistente... Sentia repulsa agora quando se lembrava do pedido de casamento e de como ficou desconcertada. Logo ele. Mesmo assim, depois daquilo (do pedido, de alguém lhe propor uma coisa dessas), a ideia de se casar começou a parecer vagamente possível. Era como se a percepção de que ela não era mais uma mulher casada, e sim uma viúva, por mais que estivesse convencida disso fazia muito tempo, tivesse que ser reafirmada pelo olhar e pelas atitudes das outras pessoas.

Rebeca abriu a porta de vidro que dava para seu minijardim de inverno. Os antúrios e as begônias precisavam de uma aguinha, o filodendro-cascata estava bonito, tinha se adaptado muito melhor naquele cantinho, a palmeira--ráfia tinha crescido até demais, iria acabar tampando a luz das outras plantas. Examinou as folhas da jiboia com cuidado, para ver se não achava mais nenhuma mosquinha branca. Mexer com plantas a fazia lembrar da fazenda, de quando era menina, do pai andando com Tião pelo jardim sempre bem tratado, conversando sobre cada árvore e arbusto, e ela ao lado, prestando atenção nos nomes, nos cuidados e soluções que o velho jardineiro explicava.

Incrível que Aurélio já brincava com ela naquele tempo, Rebeca pensou. Os dois, ainda bem crianças, ficavam vendo Seu Tião botar remédio no formigueiro das cortadeiras, depois corriam atrás das galinhas ou iam catar mexericas no pomar, atrás do galinheiro. Ela se deu conta de que mal podia conciliar aquele Aurélio que tinha sido seu primeiro namorado, tão bonitinho adolescente, com o Aurélio atual, grandalhão, bonachão, barbudo, olheiras fundas. Ele tinha herdado as terras do pai, vizinhas das do Seu Heládio, e tinha ficado rico criando gado. Era uma pessoa muito divertida, isso sem dúvida, e quem mais fazia campanha para ela se casar de novo.

Pensou de novo no Fernando, claro, no dizer do filho, o novo pretendente, responsável por aquela casa onde Rebeca se encontrava. O minijardim fora um toque especial dele no projeto, quase um presente. Tinham saído juntos várias vezes nos últimos meses, desde aquele primeiro beijo no dia em que visitaram juntos a casinha já reformada e decorada. Dele até Emílio gostava. E outro dia, quando foram jantar no La Fiorentina, Fernando fez aquela brincadeira sobre a reforma do apartamento dele no Leme. Ela não deu muita atenção na hora, mas depois ficou com a ideia na cabeça, fantasiando como seria ter um novo marido.

Não... De repente, aqueles planos pareciam tão distantes. Bastou ler a notícia no jornal sobre a anistia. Ia querer ficar sozinha de novo, livre, descompromissada? Não tinha esperança nenhuma de que Luís estivesse vivo. Aquilo não fazia sentido nenhum, era um devaneio que vinha de nunca saber o que tinha acontecido com ele, de não ter podido enterrar seu corpo.

Sentiu-se muito triste ao entrar de volta no escritório, depois de regar as plantas. Uma pena que Antônia tivesse ido embora no dia anterior. Sua companhia tinha sido essencial naquela semana, sua alegria, seu jeito despojado. Ela era tão mais livre do que Rebeca, tão segura de si.

A campainha interrompeu bruscamente aquele devaneio, um susto e ao mesmo tempo um alívio. Será que eram as flores que tinham chegado já? Mas não, ainda não estava na hora, Rebeca constatou ao abrir a porta e, surpreendida, se deparar com Emílio ali parado na frente dela, sorrindo.

— Oi, mãe. Que foi? — ele perguntou ao receber o abraço dela.

— Oi, filho! Que visita inesperada. Entra! Tava aqui tão distraída, mil coisas, pensando na vida e cuidando das plantas do meu jardinzinho.

— A Célia mandou pra você. — Emílio mostrou um pote plástico enrolado num pano de prato.

Os dois foram sentar-se nos banquinhos da bancada, na cozinha americana. Emílio não quis almoçar porque estava a caminho do largo do Machado, onde tinha combinado de encontrar Laís para comer umas esfirras. Rebeca ainda estava se recuperando da sensação que teve ao abrir a porta. Chegou a sentir a perna tremer, porque naquele instante pareceu que via diante dela não o filho, e sim o próprio Luís. Aquilo durou meio segundo, o suficiente para deixá-la com vertigem, sem chão. Era o Luís daquela viagem, ela pensou: ainda sem barba, magrinho, o rosto jovial da lembrança na cachoeira, fazendo o gesto de quem tirava uma foto dela. Às vezes não se dava conta de que Emílio tinha ficado tão parecido com o pai.

10

Pelo que lhe pareceu uma estranha coincidência, alguns dias depois de ouvir as histórias de Mendes sobre maio de 1968, Emílio encontrou o instituto ocupado por centenas de estudantes que preparavam cartazes e ensaiavam palavras de ordem para uma passeata. No pátio interno do edifício, em meio à grande agitação, quase esbarrou em Nuno, que conversava animadamente com um grupo de cinco ou seis garotos bem novos, com blusas brancas de uniforme escolar. Ele apresentou um desses adolescentes, seu primo João Vicente, e explicou que aqueles eram alunos do colégio da Tijuca em que ele próprio tinha estudado. João, que presidia o grêmio estudantil, estava contando uma história sobre um conhecido deles que tinha prendido o pé num bueiro no caminho para lá. Os demais secundaristas riam do caso tragicômico enquanto pintavam, numa grande faixa colorida, as letras da palavra "JAMAIS" em vermelho.

— Pô, a Laís acabou de perguntar por você — Nuno falou. — Queria saber por que você faltou esses dias, coisa e tal, primeira semana de aulas. Falei que não sabia. E ela respondeu que doença não era, já que te ligou ontem e não te achou em casa. Foi encontrar a Marta e a Érica ali no auditório... aquele, não sei o número, o do retroprojetor maiorzão, da esquerda.

Meio sem jeito, porque todo mundo em volta parecia tão ocupado com a mobilização para a passeata menos ele, Emílio comentou que tinha andado desligado do mundo. Seguiu na direção do auditório como se fosse encontrar com Laís, mas em seguida, olhando para trás e conferindo que Nuno tinha se distraído com outra coisa, passou direto pela porta e foi para a escada dos fundos. Talvez sua vinda ao centro da cidade fosse inútil, ele pensou ao começar a subir os degraus estreitos.

Miranda costumava atender os alunos nas quartas-feiras de manhã, mas provavelmente não estaria em sua sala no meio daquela agitação toda. O burburinho da multidão de estudantes foi soando abafado enquanto ele seguia escada acima, um rumor constante de vozes no qual se destacava, de vez em quando, uma palavra de ordem gritada por algum manifestante mais exaltado. Tonto com a rápida subida em espiral, Emílio alcançou o corredor do quarto andar, de onde a sensação era de pairar sobre a camada de som que reverberava do pátio interno. Ficou aliviado ao constatar que estava entreaberta, no fundo do corredor, a porta com a placa "Professor Umberto Miranda — Centro de Estudos de História Colonial".

Tinha frequentado bastante aquela sala no primeiro período da graduação em História. Ela ficou associada, para Emílio, ao grupo de estudos de que participara ao entrar na faculdade, sobre os relatos de jesuítas que tratavam dos índios e seus costumes. Lembrou-se de quando chegava, bem cedo, sempre ofegante como naquele momento, depois de caminhar até o instituto e subir aquela escadaria. Dentro da sala, sentava-se com o coração ainda aos pulos, mas o cansaço e a agitação desapareciam em minutos. Passavam duas horas, sob a orientação do professor, decifrando textos quinhentistas escritos num espanhol ou num português de ortografia truncada. Eram relatos de jesuítas que, com seus lamentos pela inconstância da fé dos selvagens, especulavam sobre como fazê-los parar de comer carne humana a fim de transformá-los em bons cristãos que poderiam ser usados a serviço da Coroa.

Da porta, Emílio deparou com a grande mesa marrom--escura onde costumava debater aqueles temas com os colegas, cercada por cadeiras variadas, nenhuma igual à outra. Mais atrás, na parede do fundo, as estantes de ferro com prateleiras largas eram repletas de cópias de teses cujos títulos, lidos em momentos de distração durante o grupo de estudos, pareciam repercutir ao infinito as discussões que ocorriam ali.

Miranda estava em pé, o corpo magro curvado para a frente, ajeitando uma pilha de papéis almaço. Abaixada assim, sua cabeça exibia, bem no meio, um pequeno círculo sem cabelos que normalmente a altura dele disfarçava. A escrivaninha ficava numa das laterais da sala, perto da janela com grandes basculantes de madeira pintados de cinza. Ao lado dessa janela, numa bancada de ladrilhos brancos, uma série de vasos de plantas ornamentais coloria um pouco a austeridade do ambiente.

— Riva! — o professor cumprimentou ao vê-lo parado na porta. — Entra aqui!

Como alguns outros professores mais velhos, ele chamava os alunos pelo sobrenome. Mas os outros usavam sempre o sobrenome do meio, Azevedo, para se referir a Emílio. Era o que ele próprio usava também, recorrendo ao nome da família da mãe quando precisava assinar trabalhos e provas. Miranda, por sua vez, desde o primeiro dia em que tinha feito a chamada, passou a se referir a ele assim: Riva, aquele sobrenome italiano que lhe causava certo estranhamento porque, para ele, Riva era seu pai, Luís Riva.

— O que você faz aqui no meio desse tumulto? — perguntou Miranda, olhando seu visitante por cima dos óculos de leitura com uma expressão teatral de espanto, as mãos erguidas com as palmas para cima. — Foi uma sorte danada me achar aqui a essa hora. Hoje não dei aula e daqui a pouco vou descer também.

— Pois é, subi achando que você provavelmente não tava aqui. Queria pedir uma ajuda… Na verdade, foi sugestão de um professor que conheci outro dia, numa festa lá em casa. Mendes, ele chama, Carlos Mendes. Professor de Letras que dá aula no Canadá…

— O Caíco. Conheço bem, mas faz tempo que não tenho notícias dele — disse o professor, com ar de surpresa, recolhendo uns papéis espalhados sobre a mesa grande. — Soube que ele foi dar aula na Universidade de Montreal anos atrás, acho que se casou com uma canadense. Tudo bem com ele? Não tinha ideia de que tava aqui.

— Continua casado com a canadense, uma jornalista. Têm dois filhos, moram por lá. Veio só passar duas semanas pra visitar a família, mas a mulher não veio por causa do trabalho.

Emílio fez uma pausa e acrescentou:

— Descobri que ele conheceu meu pai... — Ele se deu conta, ao dizer isso, de que nunca tinha mencionado aquele assunto para o professor.

Miranda interrompeu o que fazia e o encarou.

— Ah, é? Quando?

— Antes... — explicou Emílio. — Na França, num congresso, e até antes ainda, quando eram estudantes, na faculdade, pelo que contou. Estudaram juntos.

O professor se aproximou, apoiou a mão em seu ombro e indicou a porta com um gesto:

— A gente pode descer. Você me conta isso direito no caminho.

Da escada dos fundos, enquanto seguiam para o térreo, dava para perceber que o burburinho tinha diminuído bastante e parecia vir mais de longe agora, de fora do instituto. Confirmaram isso ao se aproximar do pátio e ver que os manifestantes estavam em movimento, uma multidão saindo do prédio pelo acesso ao largo de São Francisco. Ainda havia um grupo grande aglomerado no salão de entrada, então os dois fizeram a volta e saíram pela porta de trás, que dava em um pequeno largo onde se destacava, imponente, a fachada do Real Gabinete Português de Leitura (construída em estilo neomanuelino, conforme Emílio lembrou, já que tinha aprendido isso anos antes com o próprio Miranda).

— Tem visto o Ricardo, a Laís? Do pessoal que fazia o grupo com você, vejo sempre a Vitória, minha aluna no mestrado — o professor disse.

— A Laís eu vejo sempre. O Ricardo é que nunca mais vi.

Foram conversando enquanto caminhavam pelo beco dos sobrados abandonados, na direção de onde vinha o burburinho da passeata. Só depois de atravessarem o largo de São Francisco, quando alcançaram o agrupamento de estudantes que avançava pela rua dos Andradas, retomaram o assunto iniciado na sala.

O professor perguntou se Mendes tinha dado alguma notícia sobre o paradeiro de Luís. Inquieto e ansioso, o filho explicou:

— Não… Na verdade, ele me disse que você talvez possa me ajudar a conseguir alguma notícia.

Reverberavam à distância frases na voz metálica e esganiçada projetada por um alto-falante. O refrão "O povo unido jamais será vencido" deu lugar a "É proibido proibir".

11

O TÁXI O DEIXOU na pracinha da parte alta do Vidigal, de onde reparou nuns garotos de nove ou dez anos que empinavam pipas, movendo-se com impressionante equilíbrio sobre duas lajes estreitas e compridas na rua de baixo. Ao tomar a segunda viela à esquerda, Emílio cruzou com dois policiais militares que vinham descendo de um beco. Um deles, um sujeito grande e pesado, com o uniforme mal-ajambrado, ocupava-se em descascar uma tangerina. O outro, que parecia muito pálido ao lado do companheiro preto retinto, tinha o rosto enrugado e um olhar ameaçador, desagradável, de menosprezo. Emílio passou por eles de cabeça baixa, com receio de levar uma dura. "Chame, chame o ladrão, chame o ladrão", lembrou-se da música de Chico Buarque que por acaso tinha posto para tocar na vitrola outro dia. Seguiu tenso pelo resto do caminho, até chegar ao portão pintado de amarelo com a placa *Oficina R* presa na parte superior. Tocou a sineta e nada. Bateu palmas, depois chamou com as mãos em concha na frente da boca:

— Lúcio!

Nada. Parecia que não tinha ninguém. De repente, Nivaldo pôs a cabeça por cima do portãozinho da casa ali ao lado.

— Ah, é você, Emílio. O Lucinho foi lá embaixo comprar umas coisas, visse? Daqui a pouco ele volta. Chegue aqui.

Quando entrou na casa, Emílio não pôde deixar de pensar no quanto a ausência da Toninha se fazia sentir no ambiente. Ela era uma das pessoas mais alegres e simpáticas que ele conhecia, sempre muito falante, com um sorriso no rosto ao recebê-lo. Sem ela, a sala, com sua mobília simples e os retratos de família nas paredes, lhe pareceu triste e escura, silenciosa demais. O pai de Lúcio deu um suspiro, como se confirmasse a sensação que a casa transmitia naquele momento:

— Toninha e Vítor tão bem lá em Porteirinhas. Gostando de passar um tempo lá nas brenhas, com os parentes mineiros — ele disse com seu sotaque do interior de Pernambuco. — Acho que é melhor, né não? Aqui a gente não sabe como vai ficar… Mas pelo menos o garoto já melhorou depois dessas semanas descansando, longe da cidade. Já tirou a tala do braço.

— É bem melhor, sim. Com essa temporada lá, descansando e coisa e tal, ele vai voltar recuperado.

— Bote fé. Vai, sente aí. — Nivaldo apontou para o sofá e se inclinou para tomar seu lugar numa cadeira de balanço perto da janela.

O jeito de se inclinar fez Emílio se dar conta, mais uma vez, de como os filhos eram parecidos com ele de corpo, embora fossem a cara da Toninha, com seus olhos amendoados, a boca grande de lábios grossos, a pele bonita, muito lisa, marrom-escura. Os dois irmãos pareciam até gêmeos para quem não conhecia direito, apesar de Lúcio ter o rosto um pouco mais comprido. Já Nivaldo tinha a pele bem mais clara do que a deles, a cabeça meio quadrada com olhos pequenos e lábios finos, cabelo grisalho, mais para liso. Só que tanto Vítor quanto Lúcio tinham herdado aquele mesmo corpo do pai, alto, quase sem gordura nenhuma, de braços e pernas compridos.

— Quer tomar um cafezinho que eu passei agora há pouco? — ofereceu o dono da casa, esticando a mão para alcançar uma garrafa térmica verde sobre a mesa de canto, numa bandeja com xícaras de ágata coloridas.

Emílio se ergueu para ajudá-lo a servir o café e, quando foi retomar seu lugar no sofá, quase se sentou em cima do gato cinza que, num segundo de distração, tinha pulado ali sorrateiramente.

— Sai pra lá, Fantasma — ele disse, afastando o bicho com cuidado para poder se sentar. — Como é grande esse gato.

— Oxe, o bicho é caçador. Deixa as caças embaixo da cama do dono. Pega de tudo, é rato, é sapo, é calango. Os coitados dos passarinhos… Até um periquitinho, outro dia. Daquele periquito rico, bem verdinho. Mas esse eu vi na hora e consegui salvar.

Nivaldo parecia tentar disfarçar seu abatimento, mas tinha emagrecido muito, o rosto cansado e envelhecido. Permaneceram por um momento em silêncio, equilibrando as xícaras quentes nas pontas dos dedos. Até o quintalzinho da casa parecia meio tristonho, enlameado pela chuva, pensou Emílio enquanto olhava pela janela dos fundos. Dando para uma encosta, o pátio que ele frequentava desde pequeno costumava estar sempre colorido de flores. Os arbustos que ladeavam os muros eram de ervas de nomes engraçados, e as arvorezinhas davam frutas que antigamente eles, crianças, catavam no pé. Uma pitangueira ficava sempre carregada no verão, as acerolas apareciam de repente, depois de muita chuva. Vítor, Lúcio e ele ficavam pendurados nos galhos da mangueira, bem no canto do terreno, de onde se podia ver o mar. Depois, Lúcio fez até um banquinho de madeira naquele canto do muro, uma espécie de mirante particular. Toninha sabia o nome de todas as plantas e, quando alguém ficava doente, fazia uns chás de gosto amargo.

Depois de tomarem o café, Emílio perguntou se Lúcio e ele estavam conseguindo se virar bem, sozinhos na casa. Nivaldo assentiu com a cabeça.

— Tem vez que a gente fica meio borocoxô, agoniado, mas não carece, não, daqui a pouco eles voltam.

Fez uma pausa longa, olhando para a porta da casa. Com uma expressão contrariada, contou então que uns policiais tinham vindo perguntar por Vítor.

— Foram dois, da Polícia Militar. Um deles tinha uma cara de leso, grandalhão. O outro acho que era o sargento, um galego, um cabra abusado. Eu disse que o menino tava viajando, mas eles entraram pra conferir do mesmo jeito.

— Foi hoje? Agora há pouco? Cruzei com dois policiais no caminho pra cá…

— Não, faz uns dias isso. Já fiquei invocado. Disseram que era só para *averiguação*, que precisavam fazer algumas perguntas pro inquérito. Mas isso aí… Averiguação de quê? Pala. Sou tabacudo, eles acham? É pra procurar quem deu um tiro no meu filho? Não é, né?

— Não sei. Tá esquisito isso. Mas eles não deram nenhuma explicação?

— Falaram assim, isso de averiguação, porque tinha arma de fogo, notícia no jornal. Nem dava o nome dele, né? Você leu. Foi bem no dia que Toninha e Vítor viajaram.

— É, eu li a notícia, sim. Falava da sorte que ele deu. Do tipo: rapaz do Vidigal que levou um tiro e escapou milagrosamente com vida.

— Um policial foi lá no Miguel Couto. Mas aí foi um detetive da civil, à paisana. Fez um montão de pergunta. Agora, depois desse tempo todo, me aparecem esses dois PMs em casa querendo sei lá o quê. Averiguação o escambau!

O gato, que tinha subido para a mesa, pulou de repente para o basculante da janela, e de lá para o quintal. Logo depois eles ouviram passos e a conversa foi interrompida pela chegada de Lúcio, que entrou pela cozinha com uma sacola de compras.

— Rapaz, me atrasei… Desculpa! Ainda bem que você encontrou Seu Nivaldo em casa — Lúcio disse, antes de dar um abraço no visitante. — Ô pai, o Carlinhos pediu pra você dar uma passada lá na casa dele. Emílio vai me ajudar aqui a preparar o feijão e a gente almoça lá pelas duas e meia, três.

Nivaldo assentiu:

— Tá bem. Tava aqui contando pra Emílio aquela história da *averiguação* e ele também ficou cabreiro. Vou deixar vocês.

Depois que ele foi embora, enquanto os dois estavam na cozinha, Lúcio repetiu o que o pai já tinha contado, mas acrescentou uma novidade importante: um garoto chamado Cristiano, olheiro ali do morro, tinha visto quem deu o tiro no Vítor.

— Não quis contar nada pro meu pai, que já tava muito preocupado e fica dizendo que eu vou acabar me metendo na confusão do outro. Mas fui com o Malvino, meu primo, na casa do garoto. Faz umas duas semanas, logo depois daquela vez que você veio aqui. É um menino de uns dez anos, bem assustado, desconfiado pra caramba — Lúcio contou. — A gente demorou pra convencer ele a falar. Aí ele disse que viu meu irmão subindo a trilha. Sabe qual é? Aquela que dá na Pedra do Visual.

— Eu sei qual é. Mas isso aí o Vítor já tinha dito pra gente. Não tinha? Que ele tava subindo essa trilha, coisa e tal, quando ouviu um barulho.

— Isso. É, é… ele tinha dito. Foi o que esse Cristiano viu também: ele subindo a trilha. O garoto tinha ido catar limão naquele terreno do Ricardo lá de cima. No terreno que tem uma caixa d'água e uma casa abandonada.

Lúcio interrompeu a história para riscar um fósforo e acender o fogo no fogão.

— De repente, o garoto ouviu um estampido e se escondeu no mato. Dali a pouco desceu da trilha um sujeito que ele nunca tinha visto no morro. E tem mais: naquele dia, uma viatura ficou parada a tarde toda na pracinha. Mas ele reparou que o carro já tinha ido embora quando passou por lá pra avisar ao pessoal do Sandro. Falou que o cara era alto, branco, cabelo cortado curto, vestido com uma calça escura e um casaco azul. Mais velho, não era novinho, não. E parecia cana, na opinião do menino. Pinta de milico.

12

Desde criança, Lúcio, de temperamento bastante tranquilo, tinha tendência de ficar estranhamente introspectivo. Participava das brincadeiras com os outros meninos, jogava bola, explorava as redondezas, mas desaparecia de repente no meio do jogo ou da exploração. Nem precisavam procurá-lo porque já sabiam que ele estava num canto qualquer da casa, montando e desmontando os brinquedos e os eletrodomésticos, a mania que acabou virando seu ganha-pão.

Na adolescência, arrumou uma pequena oficina no depósito ao lado da casa, onde consertava os eletrodomésticos dos vizinhos do Vidigal. Com a ajuda de Nivaldo, aos poucos reformou o casebre onde o depósito funcionava e fez dele uma mistura de oficina e ateliê de artes plásticas. Além dos consertos, não só montava brinquedos e ventiladores para vender, como também instalou uma estação de radioamador. Mas o que fez sua fama alcançar o asfalto foi uma maquete incrivelmente realista da favela. O boato a respeito dela começou a se espalhar. Vizinhos e depois pessoas desconhecidas foram aparecendo na oficina para vê-la e isso acabou atraindo um repórter do *Jornal do Brasil*. A foto saiu no "Caderno B": Lúcio sorrindo ao lado de sua criação. Como resultado, recebeu um convite para frequentar a Escola de Artes Visuais do Parque Lage.

Foi sobre uma das aulas que ele e Emílio começaram a conversar na oficina, depois do relato sobre o garoto que tinha testemunhado o tiro, enquanto o feijão ficou cozinhando para o almoço com Nivaldo. Na bancada, havia uma espécie de escultura colorida com pequenas roldanas articuladas por fios elásticos.

— Esse treco aqui é o quê?

— É pra uma aula do Parque Lage, não tá pronto ainda. O professor é cenógrafo. Muito bom. Entende tudo de teatro e artes plásticas e literatura e o escambau. Tem que ler um monte de coisa no curso dele. Pareço até você e a Aline e teus colegas.

— Tá curtindo, então? Voltou a estudar no Jardim Botânico, o bairro que a gente frequentava na época do colégio…

— Pô, só aquele lugar, né? O casarão virado pro Corcovado. O bom é que não tem ninguém careta. Um monte de bicho-grilo, altos papos. Pra todo lado gente pintando, fazendo escultura, cenário, instalação. Tem os caras do cinema também, do Cineave, que passam os filmes proibidos pela censura, a Aline é que ia curtir — Lúcio foi falando ao caminhar até uma estante, perto da janela de trás da oficina.

Emílio reparou no aparelho de som que estava em cima de uma das prateleiras, ao lado de uma pilha de discos:

— É seu, menino, ou é pra consertar? Parece novinho.

— O pessoal do Sandro deixou aí pra eu ajeitar. Tive que encomendar uma pecinha, merreca, mas demorou um pouco pra chegar. Quando fui avisar que tinha ficado pronto, o Sandro riu e me mostrou um outro, mais novo. Não teve saco pra esperar o conserto. Disse que me dava em troca de uns outros serviços que eu tinha feito pra ele. Uns walkie-talkies que ele trouxe e eu melhorei. Mas olha só o que eu comprei. Manja?

Lúcio mostrou os dois discos que estavam em cima da pilha. Uma das capas tinha no meio um quadrado que exibia o rosto sorridente de Gilberto Gil, com um penteado afro e uma touca colorida. Sobre a foto, num fundo preto, o título *Realce* em letras prateadas chamativas, encimado por um arco-íris brilhante. A outra capa mostrava uma pessoa de costas, deitada sobre uma canga diante do mar e do céu, numa praia deserta. Emílio identificou que era Caetano Veloso antes mesmo de ler seu nome na parte superior, em vermelho, sob o título *Cinema Transcendental*.

— Já ouviu? Pô, esse não, né? Esse do Gil? Saiu há pouquíssimo tempo. É mais pop, com uma levada reggae. Vou acender um pra gente, em homenagem.

— Manda brasa. Não ouvi nenhum dos dois. Só, no rádio, uma do Caetano que fala "Tempo, tempo, tempo, tempo" — Emílio contou, esticando o braço para consultar o encarte do LP.

— Vou botar o Gil.

— Você comprou quando?

— Saí do Parque Lage ontem e fui naquele shopping que tem um fliperama, na Gávea. — Lúcio falou enquanto abria um potinho metálico que tinha tirado da gaveta. — Porra, bicho, chego na bodega e o segurança entra numa comigo, fica me olhando torto. É sempre isso. O cara, preto que nem eu, entra numa comigo, aí vem me seguir, me vigiar. Eu lá jogando pinball, na minha, e o sujeito postado meia hora perto. Daí vou pra loja de disco e ele vem atrás. Que merda.

Emílio repetiu "Que merda", revoltado, mas também constrangido pela sensação desagradável que tinha às vezes, como se fosse culpa dele.

— Pô, e eu indo pra comprar o disco do Gil, que é preto que nem eu e que nem o cara — Lúcio continuou. — Ouve aí o que ele tá dizendo! É isso. Ouve só — ele cantarolou a música que estava tocando. — O segurança precisa ser curado da doença de branco, né não? Tem uns troços que me deixam revoltado.

Emílio pensou nas tantas vezes em que estava na rua com Lúcio ou Vítor e identificava um olhar atravessado ou assustado de algum passante. Dava vontade de sumir com a pessoa do planeta Terra. Mas ele próprio era um brasileiro branco da classe média, um playboy da Zona Sul que podia andar pela rua sem ser olhado daquele jeito. Aquilo lhe dava asco, desgosto, mas também vergonha, porque era como se ele estivesse do lado de lá. Era uma sensação difícil demais de explicar.

— E ainda vem gente com aquele papo que não tem racismo no Brasil, só nos *States* — Emílio comentou.

— Putzgrila, outro dia eu tava tendo essa discussão no parque Lage com o Deco e a Fabiana. Depois levei aquela matéria do Hamilton Cardoso pra eles lerem. Os dois são superinteressados no movimento negro, Malcolm X e coisa e tal. Os casos de violência policial, os protestos em Washington. Mas só essas coisas lá de fora eles conhecem! Ela, então, nem sabia do assassinato do Robson da Luz.

Ali em São Paulo, acorda! O cara preso, torturado e morto porque roubou uma fruta na feira. A mesma coisa aqui no Rio com o Newton Lourenço. E isso porque saíram na imprensa, como se fosse raro. O que não tem por aqui é a mesma mobilização.

— É, quando surgiu o Movimento Negro Unificado no ano passado, achei que a repercussão ia ser maior... — Emílio disse. — Pô, lembrei de repente daquela história do seu irmão: "Tá com medo de quê, goiabão?". Ele atravessou a rua falando aquilo, o cara foi se esconder na portaria dum prédio.

— É, o Vitinho nunca engoliu essas coisas. Ele fica com muita raiva, manja? Tem que botar pra fora. Se fosse ele ontem no shopping, partia logo pra porrada. Por isso que ele já apanhou muito também, já teria ido em cana se não fosse de menor. E agora esse tiro.

— É, barra pesada. Esse troço não dá pra engolir.

—Tudo porque o playboy chamou ele de favelado e por aí abaixo, sei lá mais o quê. Aí pronto, ele encheu o cara de porrada. O garotão tava achando que era o tal, mas apanhou bonito do favelado. Entrou pelo cano. Só que era filho de milico. Mandou matar? É isso? Ou veio o cara mesmo? Um desses aí que se acham donos do mundo.

Os dois ficaram calados por algum tempo, ouvindo a música que tinha começado a tocar. Emílio fez que sim com a cabeça.

— Pô, que viagem — ele disse. — É o filme do super--homem!

— Podiscrê: mudando como um deus o curso da história por causa da mulher — Lúcio acompanhou a letra.

A referência ao sujeito do exército foi a deixa para Emílio falar no assunto que o tinha levado até lá, pois Lúcio era a única pessoa em quem confiava para contar o que tinha acontecido nos últimos dias. Falou da festa e do antigo colega do pai, Mendes, que do nada tinha lhe dado aquela ideia de procurar notícias.

— Fiquei bem grilado com isso — comentou. — O cara vem lá dos cafundós pra me dizer que meu pai pode estar vivo, escondido esse tempo todo. Como eu vou acreditar num papo desses? E aí tem mais: ainda fui saber que um professor meu lá da faculdade tá por dentro dessas coisas. Fui lá e confirmei que era verdade, ele conheceu meu pai. Não foi tão convicto quanto o Mendes, disse que ninguém deve saber o paradeiro dele. Mas também acha que ele pode ter escapado e ficado escondido, na clandestinidade, pra proteger a gente. Me contou isso agora, faz uns dias! Segundo ele, é uma chance remota, mas existe, mesmo depois de tanto tempo sem notícias. A gente conversou num boteco no dia da passeata da semana passada, aquela que deu um quebra-pau depois.

— Pô, como é que pode? O cara era teu professor e nunca te falou nada?

— Não dá pra falar no instituto, ele mesmo disse, porque sempre pode ter dedo-duro — Emílio explicou. — Tem uns que todo mundo sabe que são, mas e os outros? Fora isso, ele achava que se não tinha pintado nenhuma notícia do meu pai, era melhor deixar a coisa quieta. Pra não pôr a família em risco, ou até pra não dar esperança falsa. Agora saiu a notícia da anistia e aí apareceu o Mendes. Por isso que ele concordou em me dar o contato de dois sujeitos que voltaram do exílio, Nestor Ruiz e Emanuel alguma coisa. Um deles é fácil de achar porque tem uma pousada em Paraty.

Depois de ouvir o relato, Lúcio parou para pensar, encarando Emílio com uma expressão séria. Sentia-se comovido com a ideia de que o pai do amigo podia estar vivo ainda, mas fazia tempo que já não considerava mais essa hipótese, na verdade. Tinha medo de aquilo estar só reabrindo uma ferida. Lembrou-se de um passeio quando eram meninos, um dos poucos, porque o pai do Emílio estava sempre ocupado trabalhando. O rosto tranquilo de Luís diante do mar, numa praia quase deserta. O cachorro branco, Barão, correndo com os meninos pela areia, Vítor muito novinho de mãos dadas com a Rebeca, o sorriso luminoso dela, a volta para casa num bugue amarelo.

— É o que eu tava dizendo — Lúcio falou depois do momento de reflexão —, esses fascistas se acham os donos do mundo. Você tem que ir, sim, Emílio. Pô! O que eles fizeram com o teu pai? A gente não sabe. Deram cabo dele? Sumiram com ele? E se esse Mendes tiver razão?

Emílio queria acreditar nisso. Olhando os desenhos da fumaça que saía do cigarro na sua mão, contra o céu claro enquadrado pela janelinha da oficina, foi acometido de novo pela recordação da última vez que viu seu pai, lá embaixo na rua, com o sujeito louro de jaqueta jeans. Uma olhada ao redor, os dois entrando no carro e desaparecendo na noite.

— Se tem alguma chance de você descobrir, vai nessa, corre atrás. — Lúcio completou. — E se ele deu algum jeito de fugir e se esconder, fora do país, sei lá? Teu pai sempre foi muito mais esperto do que esses filhos da puta.

13

Ao entrar na rodoviária Novo Rio, Emílio sentiu-se mais desperto, livre do peso nos olhos que o acompanhara desde quando seu despertador o tinha forçado a abri-los, o ruído estridente quase uma injúria para sua mente sonolenta. Tinha saído de casa às seis e pouco da manhã, o céu colorido de um tom avermelhado, bem-te-vis gritando seus nomes nas palmeiras da rua Paissandu. O percurso, primeiro a pé por duas quadras e depois no táxi, foi feito como que em piloto automático, sem prestar atenção em nada do que acontecia pelas ruas. Mas, quando ele entrou no amplo saguão de entrada da rodoviária, o movimento intenso de passageiros com seus passos apressados espantou a preguiça e o sono.

Havia algo de reconfortante na sensação de estar sozinho no meio de toda aquela gente, constatou enquanto subia as escadas. Era mais um entre muitos com destino certo, marcado na passagem que tirou do bolso para conferir novamente a plataforma e o horário: 18 A, P 27, 7h20. Códigos semelhantes, impressos em folhinhas de papel como aquela, definiam os lugares dos passantes que, como ele, avançavam pelo saguão ou pelos corredores largos, carregando ou arrastando malas, mochilas, caixas, sacolas. Ficavam para trás as pessoas que ainda discutiam horários e itinerários nos guichês, assim como aquelas que estavam à toa, esperando amontoadas nos bancos, ou sentadas no chão, ou concentradas no balcão da lanchonete, que cheirava a café queimado e manteiga derretida.

Do piso superior, era possível ver os ônibus estacionados lá embaixo, cada um de viés, encaixado na plataforma certa, e em torno deles o incessante ir e vir dos passageiros atarefados com suas cargas. Percorrendo rampas, escadas e pequenos corredores, eles pareciam abelhas cumprindo diligentemente seu papel na colmeia. De mochila nas costas, Emílio se sentia então uma abelha como as outras em volta dele: a moça morena de vestido multicolorido e seu acompanhante atabalhoado, o senhor com cara de indiano arrastando pela mão um garoto sonolento, o grupo apressado de quatro homens de camisa de botão para dentro das calças e cintos de fivelas chamativas. De acordo com o relógio fixado numa das vigas do corredor, ainda faltavam alguns minutos para o horário marcado na passagem, portanto ele não precisava correr como aqueles caubóis de rodeio, conforme avaliou ao caminhar para a escada de acesso à plataforma 27. Lá de baixo vinha o cheiro de óleo diesel que, junto com o ruído grave e descompassado dos motores, anunciava partidas próximas.

Os nomes de cidades escritos nos vidros pareciam ter efeito direto sobre a expressão dos rostos dos que estavam nas filas para embarcar. Uns, na fila com destino a *Juiz de Fora,* a poucas horas dali, pareciam despreocupados, animados, conversando alegremente, enquanto os que iam passar dois dias viajando para *Recife* tinham um ar desolado, sério, quase como condenados entrando na prisão. *Macaé*, *Florianópolis* e finalmente *Paraty*, leu Emílio, tirando a mochila das costas e em seguida tateando o bolso da calça em que tinha guardado a passagem e a carteira de identidade. Ao olhar em volta, pensou como seria se estivesse partindo às escondidas, um fugitivo atento a suspeitos que pudessem se aproximar, tentando se misturar à multidão antes de desaparecer dentro do ônibus.

Entrou no corredor estreito, entre as duas fileiras de assentos de tecido preto desbotado, e examinou por alto os rostos de seus companheiros de viagem. O ar de indiferença dos moradores os distinguia dos turistas, mais animados e sorridentes, com a cabeça já nos passeios que fariam num dia de sol como aquele. Depois de pedir licença ao ocupante da poltrona 18 B, um senhor taciturno, muito magro, com uma cara meio assustada, ele tomou seu lugar na janela, recostou-se o melhor que pôde e soltou um suspiro de alívio.

Um grupo entrou pelo corredorzinho escuro: dois casais e três adolescentes que conversavam num idioma gutural cheio de consoantes, talvez sueco ou norueguês, levando em consideração a cor muito clara dos cabelos e os rostos corados pelo sol. O motorista entrou logo depois deles e, tomando seu assento com um salto de impressionante agilidade, deu a partida no motor que fez vibrar a janela na qual a cabeça de Emílio estava encostada. Ao sentir que o ônibus começava a se movimentar, ele se lembrou do jeito do pobre do Barão quando o viu sair de casa com a mochila nas costas. Mas Célia agora já deveria ter passeado com o cachorro, tão velhinho ele, com aquela expressão tristonha. Foi a última imagem que lhe passou pela cabeça antes de fechar os olhos.

Quando Emílio acordou com um solavanco, parecia que tinham passado só alguns minutos, mas, em vez do centro da cidade, a janela enquadrava uma praia ensolarada. O mar quase sem ondas aparecia entre uma sucessão de casinhas de paredes caiadas, com coqueiros em seus gramados. O ônibus estava na rodovia Rio-Santos, margeando o litoral da Costa Verde. O vizinho na poltrona 18 B olhava para frente com uma expressão entediada no rosto. Já os turistas nórdicos mais adiante tinham parado de conversar e pareciam estar dormindo, ou contemplando tranquilamente a paisagem tropical, suas cabeças muito louras despontando por cima dos encostos. Emílio enxergou então o nome *Mangaratiba* numa placa e, ao conferir seu relógio de pulso (8h30), ficou decepcionado porque ainda faltava muito tempo de viagem até Paraty. Tinha dormido só por uma hora e pouco, no final das contas.

Depois da reta que acompanhava a praia, a estrada ficava sinuosa, contornando morros e encostas cobertas de mata. De vez em quando, o mar aparecia de relance entre as árvores, iluminado pelo sol. Um vira-lata magricelo que seguia a bicicleta do dono pelo acostamento fez Emílio recordar novamente o olhar triste de Barão. Ele pensou, contrariado, que como não encontrara com a mãe na noite anterior, deveria ter deixado um bilhete. Havia um grande buquê de flores numa jarra comprida, na mesa da sala, e ele não sabia se era coisa dela para enfeitar mesmo ou se alguém tinha mandado. Provavelmente Fernando, embora ele andasse meio sumido nos últimos tempos.

Será que a mãe chegaria a se casar de novo um dia? A pergunta repentina lhe ocorreu acompanhada por uma sensação inquietante. Sem atinar com o motivo, lembrou-se da expressão de espanto no rosto dela quando abriu a porta do ateliê, naquele dia em que foi levar o almoço. Sentiu um pouco de pena dela; não exatamente pena, mas uma espécie de compaixão enternecida, porque podia vagamente imaginar como deveria ser ficar presa ao passado, a uma coisa não resolvida. Então a viagem que ele estava fazendo em busca de notícias de repente lhe pareceu um disparate, uma temeridade. Era melhor desistir daquele plano sem sentido. Ajeitou-se no assento, tentando se acalmar e tirar esse pensamento da cabeça. E se alguém soubesse que seu pai tinha morrido? E se ninguém tivesse notícia nenhuma dele?

Seu pai era um desaparecido, Emílio pensou com resignação, fechando por um momento os olhos. *Desaparecido* tinha virado uma espécie de eufemismo, nesses tempos sombrios, para designar as vítimas da ditadura. Tudo bem, ninguém poderia dizer na verdade, com toda certeza, se ele estava vivo ou morto, porque não sabiam o paradeiro da pessoa em carne e osso, do corpo. Mas *desaparecido* a princípio significava *morto pelo regime militar*.

Ressurgiu na cabeça de Emílio a lembrança remota de sua infância, o encontro com o homem de jaqueta jeans lá embaixo na calçada, o pai olhando em volta, a partida de carro. Então ele reabriu os olhos para dispersá-la com as imagens sucessivas que eram enquadradas pela janela do ônibus: barcos numa enseada, belas casas de praia, a água azul-esverdeada do mar, um píer saindo das pedras. Ao observar o contorno irregular das montanhas da serra da Bocaina despontando ao longe, lembrou-se de quando tinha voltado para casa depois de uma temporada com o avô, em outra serra. Ficara muito impressionado com os espaços vazios, como se fossem lacunas ou falhas na paisagem doméstica: não havia mais nada sobre a mesa do escritório, antes repleta de dicionários e papéis espalhados em torno da bela máquina de escrever verde-metálica. A mesa estava ali sem uso, assim como muitas das prateleiras, cuja madeira clara ainda conservava a marca de uma faixa limpa, sem poeira, que mostrava o lugar antes ocupado pelos livros.

Bem depois, mais velho, Emílio foi se dar conta de que não fazia muito sentido os livros terem sido recolhidos das estantes. Qual seria o critério? Sociologia e História? Autores com nomes russos ou alemães? Cogitava essas coisas enquanto observava o esforço do passageiro do assento à sua frente para se levantar, equilibrando-se durante uma curva acentuada do ônibus. Lembrou-se então das imagens em preto e branco projetadas pelo professor Félix Lima numa aula, não fazia muito tempo: fotos das fogueiras feitas pelos nazistas numa praça de Berlim, em 1933, quase dez anos antes da decisão de queimar e dizimar sistematicamente pessoas em vez de papel. Ocorreu a Emílio que os livros do pai, desaparecidos do apartamento, também podiam ter sido queimados numa fogueira.

A estrada tinha se afastado da beira do mar e agora seguia reta, em terreno plano, passando ao largo de pastos e plantações de bananeiras. Naquela aula de História, Félix Lima tinha comentado que em 1937, ano do golpe de Estado que deu início à ditadura Vargas, militares brasileiros também fizeram uma fogueira com as obras que consideravam propaganda comunista (o "credo vermelho"). Desse fogo o professor lamentava não ter nenhuma foto.

Não, não, nada de fogo, pensou Emílio, os livros tirados da sua casa deveriam ter sido catalogados como provas por algum ideólogo anticomunista. Era essa a obsessão dos militares brasileiros. A foto que o professor tinha para mostrar, naquela aula, era a de Getúlio Vargas de fraque, cercado por dois generais, na comemoração dos cinquenta anos de Proclamação da República. No Brasil, a república também era resultado de um golpe militar. Aqueles generais de fardas enfeitadas com medalhas, na foto, eram os militares brasileiros que se achavam os fiadores, os donos, os tutores do Brasil. Por isso que a democracia nunca durou muito nessa República das Bananas, ocorreu a Emílio quase como uma espécie de piada por causa das plantações de bananeiras que ele via passarem pela janela. O Estado Novo de Vargas só entrou na Segunda Guerra depois de muita hesitação, de muita pressão e de um ataque de submarinos alemães. Vinte anos depois, foi o general Castelo Branco, um militar que lutou contra os nazistas e estudou na Sorbonne, quem articulou o golpe. Supostamente para evitar o comunismo.

Talvez os livros do pai agora estivessem enfeitando as estantes na biblioteca de algum militar mais intelectualizado, na linha dos sorbonistas, pensou Emílio ao observar a paisagem deslumbrante da enseada de Angra dos Reis, que voltou a aparecer depois de uma curva da estrada. O mar iluminado pelo sol e as ilhas ao longe o fizeram recordar a paisagem igualmente deslumbrante da baía de Guanabara, diante das instalações do Círculo Militar que ele tinha revisto no passeio de bicicleta até a Urca.

Quando Emílio, ainda criança, voltou para casa com o avô, era como se tivessem aberto mil compartimentos secretos no apartamento. Mas não havia nada de mais escondido ali. Ele sabia o que tinha acontecido a partir das informações extraídas dos relatos da mãe, do avô e também do Ítalo e de outros amigos dos pais. A essas informações se misturavam de maneira imprecisa em sua cabeça ideias adquiridas depois, nas matérias de jornais, nos livros e nas aulas.

O pai tinha sido acusado de terrorismo e assalto a mão armada, o passaporte e demais documentos foram levados, direitos políticos revogados e uma ordem de prisão o aguardava, caso retornasse. Um professor armado? A pergunta passou por sua cabeça enquanto examinava o grande canteiro de obras à beira-mar onde funcionaria no futuro, caso conseguissem resolver os atrasos e as polêmicas envolvidas na construção, a primeira usina nuclear brasileira, projeto faraônico dos militares em seu delírio ufanista do *Brasil Potência*. Emílio se lembrou de uma frase sobre isso na carta enviada por Aline e de uma conversa com Laís. Por que elas argumentavam como se fosse responsabilidade dele mudar a situação? Ele, Emílio, um rosto desconhecido entre os passageiros do ônibus Rio-Paraty. Como poderia fazer alguma diferença? Isso lhe dava a sensação de ser o personagem principal de um filme, identificado quando a câmera finalmente foca um rosto em close depois de passear entre os outros rostos desfocados, de modo que o espectador fica sabendo que vai assistir à história daquele sujeito ali, em cena agora. Como se uma pessoa só pudesse fazer alguma diferença, como se o fato de ele entrar para o Comitê pela Anistia ou participar de um congresso em São Paulo fosse garantir a abertura política do país, a volta dos exilados e a condenação dos torturadores.

"Se a lei vier cheia de restrições, que abertura vai ser essa?", Laís tinha perguntado quando conversaram. Como foi mesmo que ela tinha dito? Porque, se for assim como o governo está planejando, a coisa toda vai acabar voltando, o Brasil pode até um dia ter um presidente civil, eleições, democracia, mas daqui a pouco inventam uma nova ameaça comunista e começa tudo de novo. Assim a ditadura não acaba de verdade.

Emílio recordava nitidamente a sensação que tivera quando criança, depois de percorrer o apartamento que parecia ter sido assaltado. Talvez se lembrasse tão bem porque o único esconderijo de verdade ali era o dele próprio, bem debaixo da mesa de trabalho do pai, no canto que ele chamava de seu *clube*. Na verdade, o maior susto em sua chegada de volta a casa foi o momento em que descobriu aquele recanto completamente revirado. Tinham levado embora não só a pasta dos desenhos, mas também a maleta com os papéis, os lápis de cor e a caixa redonda de ferro onde guardava suas coisas: carrinhos Matchbox, guerreiros em miniatura, um time de futebol de botão. Quando começou a chorar, reclamou para a mãe do sumiço de sua caixa de brinquedos e dos desenhos, em vez de perguntar pelo pai desaparecido.

14

O NOVO VIZINHO, QUE tinha alugado recentemente
a casinha do Elias, era um velho comunista que tinha
voltado ao Brasil depois de muitos anos fora. Usava uma
barba grisalha desgrenhada, andava com uns agasalhos
esportivos surrados da Adidas, boné e óculos escuros
Ray-Ban. Ficava instalado numa cadeira de praia, na laje
em cima da casa, contemplando aquela mesma vista do
mar diante da qual Lúcio costumava ficar no seu mirante.
Tinha até um binóculo, o vizinho, e permanecia ali por
horas a fio, sentado com uma garrafa de cerveja apoiada no
chão ao lado da cadeira, fumando cachimbo como se fosse
um velho lobo do mar de uma história em quadrinhos.

Lúcio supunha que aquele novo vizinho era o motivo
das conversas suspeitas que ele, nos últimos dias, vinha
escutando na sua estação de rádio amador. Nas vozes
entrecortadas dos homens que logo identificou como
policiais militares, havia um misto de admiração e medo
quando se referiam a um tal *doutor Mário*, que ele des-
confiava ser uma espécie de codinome. Alguns termos
usados nas conversas eram difíceis de decifrar, mas, em

linhas gerais, conseguia entender a situação. Os policiais estavam ajudando o tal sujeito a vigiar o movimento no morro do Vidigal, porque havia a suspeita de que alguém ligado a atividades subversivas estivesse escondido na favela. A ordem para colaborar nessa vigilância tinha vindo diretamente do comandante do batalhão, major Gomes. Como se tratava de uma operação ligada ao *destacamento*, a comunicação a respeito daquilo era sigilosa, restrita a três policiais que se tratavam por números: Zero Cinco, Zero Meia e Zero Um. Um deles, o da voz rouca, parecia conhecer de nome ou de fama o tal dr. Mário, uma vez que tinha anunciado "Agora é que o circo vai pegar fogo" ao comunicar para seu parceiro a chegada daquele sujeito. O mesmo policial rouco mencionou também uma *AAB*, sigla que Lúcio não sabia o que queria dizer, mas à qual tanto o major Gomes quanto o tal dr. Mário estavam ligados. Só que o próprio *doutor* nunca falava nada: sua voz não era ouvida nas comunicações por rádio, mas as instruções dele a respeito de uma operação em curso eram passadas de um policial a outro.

Aquelas conversas foram captadas na estação de rádio amador por acaso, já que os policiais estavam usando os walkie-talkies que o próprio Lúcio tinha modificado, meses antes, num serviço encomendado por Sandro, que era quem mandava no tráfico do morro. Os aparelhos foram confiscados pela polícia numa batida não fazia muito tempo. Por curiosidade, Lúcio tinha deixado o rádio amador com aquele canal aberto enquanto trabalhava na oficina. Então se surpreendeu, numa tarde, ao se dar conta de que um grupo de policiais decidira usar os walkie-talkies. Desde então, passou a acompanhar as conversas, que pareciam mais alarmantes a cada novo detalhe. Para aumentar seu pavor, percebeu que os lugares mencionados nas atividades de vigilância eram em torno da casa em que morava. As vozes, após a chegada do tal dr. Mário, informavam sobre as entradas e saídas de um *elemento* que ele concluiu ser o sujeito da casa ao lado.

Foi o mirante que motivou uma conversa entre vizinhos. Durante uma tarde, o barbudo de boné e óculos escuros apareceu bem na hora em que Lúcio foi fumar ali. Ele puxou conversa, disse que aquela era a vista mais incrível do mundo, elogiou o banquinho de madeira construído no muro, fez perguntas sobre o Vidigal e a construção do Sheraton na Niemeyer. Lúcio ofereceu o cigarro, meio que de brincadeira, porque seria difícil jogá-lo até a laje, que ficava a uma certa distância do muro, e o vizinho disse que preferia o cachimbo que fumava, de cheiro forte.

A conversa foi breve dessa primeira vez, mas dois dias depois o vizinho bateu no portão quando Lúcio estava trabalhando. Segundo ele, a dona Odete, da casa ao lado, tinha comentado sobre a oficina.

— Então você é o Professor Pardal que o pessoal daqui fala?

Trazia embaixo do braço um aparelho velho de rádio amador que precisava de reparos e queria saber se Lúcio poderia consertá-lo. Era pequeno, de um tipo portátil, normalmente usado em barcos. O homem se mostrou entusiasmado ao saber que seu vizinho, além de ter uma oficina, era um radioamadorista também. Quis ver o equipamento de Lúcio e o avaliou como sendo excelente, de primeira. Falava bastante, com um jeito meio galhofeiro e um sotaque nordestino que Lúcio não tinha percebido da primeira vez. Chamava-se Antônio Galhardo, ele contou, e era do Maranhão, mas só tinha morado lá até a adolescência, quando foi estudar em São Paulo.

No dia seguinte, quando voltou para buscar seu aparelho na oficina, Galhardo ficou maravilhado com a maquete do morro feita por Lúcio. Não tinha reparado nela na véspera. Quis examinar cada detalhe, saber se era uma reprodução realmente fiel do Vidigal. Enquanto observava a maquete, respondeu que sim, aquele seu aparelho era usado num barco. Era de fabricação chinesa. Explicou que foi um navegante por muito tempo e que, sozinho, fez longas viagens a bordo de um veleiro. Teve que vendê-lo recentemente, de coração partido. Fizera vários amigos por rádio durante aquelas viagens, segundo contou. A última delas tinha sido do México, passando pelo Caribe, até o Rio de Janeiro. Estava de volta ao Brasil após vários anos fora.

— Por causa da política, você sabe — Galhardo disse, como se aquilo não fosse nada de mais.

Mais tarde, por coincidência, Lúcio voltou a encontrá-lo quando foi até o mirante para ver o fim de tarde, imperdível num dia como aquele. Enquanto contemplavam o céu de um impressionante tom lilás com nuvens avermelhadas, o novo vizinho, que parecia ter bebido um pouco além da conta, não demonstrou nenhum pudor de falar sobre as atividades políticas que o levaram a sair do país. Revelou que tinha sido do Partido Comunista do Brasil e morado no Pará por cinco anos. Foi bem didático ao explicar que os militantes do partido, seguindo a linha maoísta, pretendiam promover uma revolução popular a partir daquela região do Bico do Papagaio, um lugar onde havia uma população pobre, subempregada, muita gente vinda do Nordeste para tentar a sorte com mineração.

— Fiz minha preparação em São Vicente mesmo, mas alguns dos nossos receberam treinamento militar na China — ele disse. — Cheguei em sessenta e nove naquela área do rio Araguaia, ali na fronteira do Pará com o Maranhão. Já tinha bastante gente morando lá que era do Partido. A ideia era preparar a população, mas sem levantar suspeitas. Quando chegasse a hora de pegar em armas, não tinha polícia nem repressão que parasse mais o povo. Eu acreditava nisso. Mas não era, né? O povo ainda precisava de muito tempo pra se engajar contra o governo, e lá era muito isolado… Você sabe que o grande problema do Brasil era e continua sendo a desigualdade. O descompasso entre as classes. Não é isso? Entre burguesia e proletariado, entre intelectual e iletrado, e por aí vai. Aliás, quem já bateu de frente com a violência do nosso Estado conservador, autoritário, foram as classes populares, né? Quantas revoltas foram dizimadas por expedições militares com apoio da burguesia?

Parou para dar uma pitada no charuto e pediu desculpas pela divagação, às vezes se empolgava ao falar dessas coisas. Continuou a contar:

— Lá eu era um dos mais velhos, porque a maioria era de estudantes mesmo, gente jovem que foi parar ali. Quem era médico ou dentista atuava na sua profissão. Eu não tinha essas habilidades, me arrumaram um trabalho como professor de escola primária. Dava aula de português. Aí descolei um barquinho também. Atravessava as sacas de arroz ou os passageiros de uma margem pra outra. Os alunos da escola eram filhos dos empregados das fazendas, de famílias simples, exploradas pelos grileiros. Plantavam mandioca ou inhame e caçavam pra ter o que comer, porque o salário não dava pra nada. Mas a gente conseguiu organizar a escola, tirar os meninos da labuta no campo algumas horas por dia pra estudar. Fui conhecendo a região enquanto trabalhava no barco. Fui aprendendo também as manhas de sobrevivência e de guerrilha na mata. Treinava tiro, ajeitava os esconderijos, estocava remédio e munição. Fiz amizade com os pais dos meninos, quase todos analfabetos, sem educação nenhuma. Imagina se sabiam o que era comunismo ou qualquer coisa assim. Talvez a gente precisasse de mais uns dez anos de trabalho pra formar uma geração nova capaz de começar a revolução.

Lúcio comentou que nunca tinha ouvido falar dessa história, nem sequer imaginava que uma coisa assim tivesse acontecido no Brasil. Só sabia de uma guerrilha do Araguaia muito por alto.

— O exército passou foi vergonha — Galhardo disse, enquanto continuava a fumar seu cachimbo e observava o horizonte. — O problema foi que eles descobriram os nossos planos antes da hora, por causa de duas ou três pessoas que voltaram pra capital e foram presas. Isso em setenta e dois, por aí. Mandaram soldados pra lá, bases inteiras com centenas de homens, milhares de homens.

Pra procurar uns sessenta, setenta cabras, se tanto. Mas essas tropas não entendiam nada da região, nem de briga na mata. Levavam couro várias vezes. Os soldadinhos morriam de medo do Osvaldão, que era o comandante lá nosso. O homem desaparecia na mata, virava toco, virava bicho, como o pessoal de lá dizia. Mas não vale a pena contar essas coisas… Quem já viu sabe como é. Tiroteio, tocaia. Chumbo e bala, mata e lama. Em vários meses, eles só conseguiram pegar uma dúzia. Mas perderam muitos soldados. O problema é que era pouca gente do nosso lado, e no deles… Voltaram depois, em setenta e três, e aí mandaram uns batalhões mais treinados, planejaram tudo, vieram à paisana, começaram a pagar e ameaçar os moradores. Torturavam mesmo: botavam no formigueiro com açúcar no corpo. A operação era toda em segredo. E a ordem era não fazer nenhum prisioneiro. Só que a gente era mal equipado também: pouca munição, cada um tinha um revólver, os fuzis e espingardas não davam pra todo mundo. As armas eram velhas, emperravam. Cada unidade do exército tinha muito mais armas do que todas as nossas juntas. Os helicópteros vinham, sobrevoavam com alto falante, ofereciam rendição garantida. Mas o que acontecia? Quem se entregava era assassinado a sangue frio. Bala na nuca. Deixavam o corpo jogado na floresta. A coisa virou uma caçada humana. O Osvaldão, quando eles conseguiram matar, penduraram numa corda, no helicóptero, pra todo mundo ver. Eu fugi na última hora, mas levei um tiro na perna. Bem aqui, por sorte de raspão. Só escapei graças à ajuda de um mateiro, meu amigo, um índio carajá. Enquanto me recuperava, passei quase três meses escondido na ilha do Bananal, na aldeia desse meu guia. Tive sorte, a guerra não chegou ali.

Àquela hora, o vulto do morro Dois Irmãos que despontava da mata parecia uma onda descomunal, prestes a desabar, mas que insistia ali muito parada, em silêncio. O sol já tinha se posto, mas Lúcio continuou ouvindo os relatos do vizinho. Galhardo era daqueles contadores de histórias que prendem a atenção do interlocutor. Ele descreveu as cerimônias da Festa do Aruanã, nas quais os índios usam as máscaras *ijasó* e dançam com longos saiotes de palha atados no corpo e na cabeça. Contou que, depois do período de convalescença, necessário para sua perna sarar, ele e seu guia fizeram uma caminhada de oito dias pela floresta. Despediram-se numa casa de fazenda, perto de Araguanã. Ele continuou viagem subindo o rio numa gaiola, como se chamavam por lá os barcos de passageiros. Pelo Tocantins, avançou até a baía de Marajó. Em Belém, conseguiu embarcar num catamarã com turistas holandeses, ajudando o capitão que falava mal inglês, e foi até a cidade de Caiena, na Guiana Francesa, de onde seguiria duas semanas depois para o México. Tinha amigos lá, explicou, um paulista casado com uma mexicana, moradores de Veracruz. Por isso, também acabou morando por alguns anos nessa cidade, onde trabalhou num restaurante da zona portuária e, mais tarde, num estaleiro que consertava e fabricava cascos de veleiros. Ajudou a construir seu próprio barco, com o qual anos depois velejaria de Veracruz até o Rio de Janeiro.

Foi no dia seguinte a esse encontro que Lúcio se deu conta: as conversas suspeitas dos policiais militares começaram pouco depois que o novo vizinho tinha se mudado. Ele concluiu que a operação policial só podia ser motivada por aquele novo morador, que tinha acabado de se revelar um guerrilheiro do Araguaia, fugitivo, recentemente chegado do exílio. Decidiu avisá-lo o quanto antes, mas receava bater na porta da casa dele e passar a ser encarado como suspeito também. Tentou encontrá-lo na laje duas vezes, mas em vão. Só na outra manhã o vizinho reapareceu por lá. Estava tomando sol na cadeira de praia, como sempre de boné e óculos escuros. Lúcio ficou surpreso, aliás, porque tinha acabado de ouvir, pelo rádio, uma conversa na qual um policial informava que o *elemento* tinha descido a viela. Mas Galhardo estava ali, observando a vista e lendo o jornal com seu cachimbo na mão, sentado na cadeira de praia. Sem camisa, ele não parecia tão velho. Lúcio se apressou em contar as conversas ouvidas pelo rádio e explicar suas conclusões sobre a operação de vigilância anticomunista.

— Eu sei… — respondeu Galhardo calmamente, depois de ouvir o relato. — Também acompanho o que eles falam pelo meu rádio, o que você consertou.

15

Para chegar à Pousada do Cais, no centro histórico de Paraty, era preciso percorrer a pé diversas vielas de piso irregular, desviando de grandes poças formadas pelas águas da chuva, até um largo que dava para o mar azul-acinzentado. O que parecia ser apenas uma pequena casinha de arquitetura colonial, com um único portão em amarelo-ouro destacado no muro caiado de branco, era só a sala de entrada que abrigava a recepção. Nos fundos, essa sala se abria para uma varanda ampla, com redes e espreguiçadeiras dispostas diante de um gramado enfeitado por palmeiras, bromélias, samambaias e arbustos repletos de cachos de flores roxas. A construção avançava ao comprido, acompanhando o jardim: sob o longo telhado, manchado pelo tempo, uma sequência de portas e janelas arqueadas, azuis, com muxarabis na parte de cima.

O senhor que estava sentado na bancada da recepção, lendo com cara de sono, tinha a pele do rosto enrugada, como que curtida pelo sol, o cabelo e a barba totalmente brancos. Por cima dos pequenos óculos de leitura redondos, ele encarou o novo hóspede a princípio com um ar um pouco entediado, depois abriu um meio-sorriso e se apresentou. Como se finalmente tivesse acordado de seu torpor sonolento, passou a explicar quais eram os horários da pousada enquanto se virava para buscar uma grande chave de ferro com a plaquinha do número 9, que estava pendurada num quadro com a foto de um veleiro antigo, de madeira, ancorado em frente a uma praia cercada de mata.

— Amanhã a gente vai sair de barco, avisa se você quiser ir também — Nestor disse. — O quarto quem vai te mostrar é o Fabrício, meu filho — completou ao passar a chave para um rapaz baixo, de cabelo louro, que tinha acabado de entrar na sala da recepção vindo de uma porta lateral.

Depois de cumprimentar o hóspede com uma expressão simpática, Fabrício disse ao pai que tinha providenciado as folhas de bananeira e deixou no balcão o que parecia uma caixa de ferramentas. Em seguida, quando os dois jovens se afastaram em direção ao corredor, o dono da pousada ficou pensando de onde conhecia aquele garoto recém-chegado, cujo rosto lhe parecera familiar. Talvez tivesse ficado hospedado alguma outra vez, antes, só que era muito novo… Quem sabe com os pais? Mas não devia ser isso, porque tinha a impressão de que o conhecia de um lugar diferente, de muito tempo atrás. O nome escrito no caderno de registros da pousada, *Emílio Azevedo*, não dava nenhuma pista. Podia ser só uma impressão, ele pensou enquanto ajeitava os óculos para retomar a leitura do livro aberto sobre o balcão.

Mesmo para quem já tinha notado o tamanho do jardim, o corredor que dava acesso aos quartos era surpreendentemente longo, com suas paredes enfeitadas por quadros com pinturas que retratavam a cidade de Paraty em diferentes estilos. No final dele, havia uma escada à esquerda, e Fabrício comentou que a pousada ocupava também o andar superior de um segundo sobrado, que era onde ficava o quarto 9. Apontou uma coluna de madeira escura na parede branca, o ponto em que antigamente terminava o corredor. Explicou que depois da reforma, feita alguns anos antes, nem se percebia mais que eram duas casas separadas.

— Mas pra gente toda essa parte é o anexo — o filho do dono da pousada disse ao deixar para trás a coluna que acabara de mostrar. — Meu pai ainda mandou refazer o piso todo desse corredor de tábua corrida com a mesma madeira, da mesma cor do resto, então pra quem chega agora fica parecendo que foi sempre assim, né?

No primeiro andar do anexo funcionava o restaurante, que era comandado por uma francesa, mas servia comida caiçara: marisco lambe-lambe, caldeirada de frutos do mar, azul-marinho, Fabrício listou nomes de pratos enquanto os dois subiam a escada até a sala de leitura da pousada. Um casal de hóspedes instalado num dos sofás, consultando um mapa da cidade, deu boa-tarde com sotaque carregado e, em seguida, continuou uma conversa em francês com adolescentes, um garoto e uma garota, que jogavam xadrez sentados nas poltronas do outro lado da grande mesa de centro quadrada, de madeira maciça. Três portas em arco, no mesmo tom amarelo-ouro do portão de entrada, abriam-se para pequenas sacadas protegidas por grades de ferro que formavam elaborados arabescos. Numa dessas sacadas estava um menino de uns seis ou sete anos sentado no chão, os cotovelos apoiados nos joelhos e as mãos segurando o queixo, entretido com uma carroça que passava lá embaixo, bem devagar, puxada por um burrico.

— A maior diferença aqui do anexo é que os quartos lá embaixo dão pro jardim que você viu na entrada, e esses aqui de cima dão pro outro lado. Mas pode deixar que você vai gostar.

Para ilustrar o que estava dizendo, Fabrício mostrou a janela da qual se via uma praça com palmeiras e uma prainha de areia escura. Mais adiante estava o cais colorido pelas traineiras dos pescadores, o mar azul-acinzentado e os grandes vultos verde-escuros das montanhas ao longe. No quarto espaçoso, havia só a cama de casal equipada com um dossel, um grande baú e uma cômoda com pesados puxadores de ferro.

— Primeira vez em Paraty? — perguntou Fabrício de um jeito amigável, notando o olhar surpreso do hóspede para a vista marinha.

— É — confirmou Emílio. — Cheguei do Rio de ônibus. Morrendo de fome, aliás…

— Pede o robalo na folha de bananeira com arroz de taioba. Pode ir com fé, comida típica, mas com um jeito francês — ele disse, dando uma risada. — A dona do restaurante é minha mãe, se chama Noémie. E não é paparicação de filho. Ela já era chef na França antes de a gente vir morar aqui. O robalo foi pescado hoje de manhã.

Emílio agradeceu. Agora tinha entendido o ligeiro sotaque francês do filho do dono da pousada.

— Outra coisa, aquilo que meu pai falou: amanhã o tempo deve abrir e vai ter um passeio de escuna. Depois avisa se quer ir, porque ainda tem vaga. Acho que é isso... Ah, e hoje mais tarde, se continuar esse mormaço, meu pai ficou de levar aquele pessoal que você viu ali na sala até o morro do Forte. Caminhada curta, uns trinta minutos, por aí. Uma vista incrível da enseada. Se quiser, você pode ir com eles depois do almoço pra conhecer um pouco da cidade.

O restaurante, com paredes de pedra e peças de artesanato sobre prateleiras amarelas, tinha quase todas as mesas ocupadas por turistas europeus. Uma senhora que parecia ser de origem árabe, com um rosto fino e cabelos grisalhos ondulados, passou para perguntar se o peixe estava bom, e Emílio identificou a mulher do dono da pousada. Nestor chegou quando ele estava terminando a sobremesa e o cumprimentou com um aceno de mão, após sentar-se com a família francesa que ele tinha visto na Sala de Leitura. Só o menininho estava com eles, almoçando muito comportado. Os adolescentes jogadores de xadrez deviam ser filhos de outros hóspedes, com quem tinham se sentado numa mesa próxima.

Uma inquietação tomou conta de Emílio ao observar o dono da pousada. Passou por sua cabeça uma dúvida: se aquele senhor conversando despreocupadamente, a poucos metros de distância, com um ar meio distraído, saberia o que realmente tinha acontecido com seu pai. Queria perguntar logo alguma coisa, mas, apesar da ansiedade, a ocasião para uma conversa só surgiria algumas horas mais tarde, no final do passeio até o forte para o qual Nestor levou os hóspedes.

Durante o caminho pelas vielas de Paraty, o dono da pousada ficou ocupado em dar explicações sobre a região aos turistas estrangeiros. Quando estavam chegando na trilha que subia o morro, um cachorrinho preto começou a acompanhar o grupo, para grande alegria de Jean, o menino francês. Ao longo do caminho, na subida, Nestor passou a mostrar as plantas da Mata Atlântica: as folhas peculiares da Guaimbé, o Manacá-da-Serra, a Embaúba. O casal se esforçava para repetir cada um daqueles nomes exóticos enquanto Emílio seguia o garoto e o cachorrinho que corriam ladeira acima.

Lá no alto, no gramado cercado por muros de pedra onde repousavam canhões antigos, Nestor ainda teve que responder às perguntas sobre o forte. Sim, para proteger os navios carregados de ouro no século dezoito, ele confirmou. O ouro que ia enriquecer a corte portuguesa era trazido de Minas Gerais pela Estrada Real, que cortava aquelas serras. Sim, sim, uma estrada com piso de pedra construída pelos escravos vindos da África nos caminhos que antes eram as trilhas dos índios. Uma parte daquele ouro depois foi parar na França.

Os dois franceses finalmente se distraíram com a vista da enseada de Paraty e das montanhas da serra da Bocaina, enquanto Jean corria pelo gramado com o cachorrinho, escalava as pedras e fingia atirar em navios piratas com os canhões de bronze apoiados nos muros do forte. Emílio aproveitou que Nestor, depois das explicações históricas e botânicas, tinha se afastado para fumar um cigarro embaixo de uma mangueira. Foi até lá e perguntou se ele conhecia Carlos Mendes.

Com uma expressão de surpresa, Nestor respondeu:

— Ah, sim, um velho amigo meu, de Lyon. Morei lá, vários anos. Professor ele, depois foi morar no Canadá — foi ficando mais à vontade conforme falava. — Você tem notícias? Por coincidência aqueles dois ali, a Camille e o Mathias, também conheceram ele quando eram meus vizinhos em Lyon.

Emílio contou então sobre seu encontro na festa, depois hesitou por um instante, encarando o rosto tranquilo daquele senhor de pele enrugada e barba branca que, em sua fantasia, parecia um velho sobrevivente de viagens e naufrágios.

— Pelo que Mendes me falou, você deve ter conhecido meu pai — enfim tomou coragem para dizer.

A reação de Nestor ao ouvir o nome Luís Riva surpreendeu Emílio. O homem arregalou os olhos e permaneceu imóvel, sem fala, enquanto uma sombra de desconfiança ou preocupação surgia em seu rosto. Depois de se virar por um momento para apagar o cigarro numa pedra, passou a examinar com atenção o rosto do garoto, no qual reconhecia agora os traços familiares que tinha identificado mais cedo.

— Agora que entendi de onde te conheço — disse, afinal, após uma longa pausa. — Você parece com ele, só que de olhos pretos em vez de azuis. Conheci o teu pai. Faz muitos anos.

Emílio sentiu o coração disparar. Quando isso? Tentou resumir a situação antes que Nestor tivesse que dedicar sua atenção aos hóspedes estrangeiros novamente. Explicou que a família não tinha notícias do pai desde março de 1969, então dava para imaginar o que representava a opinião de Mendes de que ele poderia estar vivo. Teve a impressão de que seu interlocutor estava constrangido com aquela conversa, ou pouco à vontade, ou talvez indeciso a respeito do que dizer. Não conseguia decifrar o rosto dele enquanto dizia as frases em atropelo, até que a conversa foi interrompida por um chamado de Camille. Nestor acenou com a mão na direção dela para indicar que estava indo, mas ainda ficou parado, enquanto acendia outro cigarro.

— O paradeiro de seu pai eu não sei — disse, finalmente. — Mas a gente tem muito o que conversar, e essa não é uma conversa rápida… Então talvez eu não possa hoje.

Fez um gesto para Emílio segui-lo enquanto começava a andar na direção dos franceses.

— Amanhã, no barco — acrescentou, como quem tem uma ideia repentina.

16

Enquanto Emílio tomava café da manhã acompanhando o movimento no jardim, os olhos ainda pesados, notou que Noémie ajudava uma funcionária, na copa que havia ao lado do salão, a acomodar pacotes em duas grandes caixas térmicas azuis. Os hóspedes franceses, Camille e Mathias, deram bom-dia de uma mesa próxima, mas logo se levantaram. Chamaram Jean, o filho, que estava encarapitado numa cadeira ali perto e observava, encantado, uma máquina fotográfica equipada com uma longa teleobjetiva. Apoiada num pequeno tripé sobre uma das mesas, a câmera apontava para o fundo do jardim, onde havia um arbusto com flores roxas em cachos. O fotógrafo era um senhor de bigode que fazia anotações num caderninho e, de tempos em tempos, se apressava para tomar posição e registrar a imagem de algum detalhe que Emílio não conseguiu identificar a princípio. Seriam flores? Insetos? Vestido como o Jim das Selvas, o senhor não parecia nem um pouco incomodado com a curiosidade do menininho, até lhe mostrou um livro ilustrado e respondeu com um sorriso simpático ao pedido de desculpas dos pais quando a família se encaminhou para o quarto. O livro, pelo que foi possível perceber de longe quando o senhor o colocou sobre uma cadeira, tinha ilustrações de várias espécies de passarinhos. Isso fez Emílio se lembrar do sonho que tivera naquela noite, em que uma coruja vinha pousar perto dele em plena luz do dia e o observava com grandes olhos curiosos, como se fosse um ponto de interrogação.

Nestor apareceu acompanhado por um ajudante que, junto com Fabrício, começou a levar embora as caixas térmicas, garrafas e sacolas que tinham sido dispostas perto do portão. Depois de buscar sua mochila no quarto, Emílio seguiu o filho do dono da pousada a caminho do cais, onde um grupo de turistas aguardava para entrar no barco, uma velha escuna com a parte inferior do casco pintada de azul e o nome *Fenícia* escrito com letras brancas em uma placa escura. Reconheceu, entre os turistas, os passageiros nórdicos do ônibus do dia anterior, que descobriria serem dinamarqueses, além dos hóspedes da pousada: o casal francês com o filho e o observador de pássaros, que conversava em inglês com uma moça de chapéu de palha. A outra família de franceses chegou por último, quando todos já tinham embarcado, os pais apressando seus filhos adolescentes que vinham sonolentos pelo cais.

Assumindo o posto de capitão, Nestor cumprimentou os passageiros enquanto terminava de checar se estava tudo pronto para a partida. Avisou a seu ajudante para soltar o cabo que mantinha o barco atracado. Apresentou o Naldo, "nosso piloto", como chamou, que era o único tripulante da escuna além dele e do Fabrício. Quando o barco começou a ser manobrado, tomando distância do cais, Emílio sentiu um alívio. Não tinha conseguido dormir direito na noite anterior, agitado em seu sono pelas tentativas de imaginar como seria a conversa combinada para acontecer durante aquele passeio. Agora, vendo Nestor a poucos passos dele, encerrado no mesmo espaço restrito pelas próximas horas, acompanhava tranquilamente o avanço da velha escuna sobre as águas calmas da enseada. Ficou para trás o casario de Paraty, com paredes brancas e janelas azuis e telhadinhos de barro contra um fundo de montanhas verdes, sombreadas por nuvens em movimento.

Avançando lentamente, o barco levou mais de uma hora para chegar a seu destino, a ilha do Ventura. Emílio foi sentado em uma das laterais, perto de Fabrício, que durante a viagem ia contando casos e dando nomes aos lugares pelos quais passavam: a ilha da Bexiga, a Duas Irmãs, mais ao longe o forte da Tapera, a ilha Rasa, a Das Cabras, e logo ali a Comprida, onde ele recentemente tinha encontrado, durante um mergulho, um mero gigantesco, de quase três metros. O dia amanhecera encoberto, mas aos poucos o sol apareceu por entre as nuvens que se dispersavam em direção à serra da Bocaina. Finalmente, eles começaram a contornar uma ilha quase toda coberta pela vegetação densa, com um morrinho baixo em uma das pontas. Palmeiras e coqueiros se erguiam aqui e ali, os leques de suas folhas bem acima das outras árvores. A escuna se posicionou de frente para uma pequena praia deserta, em um ponto no qual a água tranquila e azulada era tão clara que foi possível acompanhar a descida da âncora até o fundo de areia povoado por dezenas de estrelas do mar.

De bote, Naldo levou Camille, seu filho Jean, a mulher de chapéu de palha e o fotógrafo inglês até a prainha, enquanto os demais passageiros, auxiliados por Fabrício, vestiam máscaras e pés de pato. Quando todos tinham mergulhado, Nestor virou-se para Emílio e o chamou para sentar-se em um dos bancos na proa da escuna.

Depois de lhe servir um copinho de cachaça, começou seu relato:

— A resposta que você quer eu não tenho, infelizmente — ele disse, sério. — Não sei onde seu pai foi parar. Nem se ele continua vivo… Mas uma boa notícia eu posso dar: ele conseguiu fugir daqui. Até onde sei, não foi torturado e morto num porão de quartel, não foi jogado ao mar num voo da morte. Nenhuma dessas coisas horríveis com que a gente tem pesadelo quando tenta encontrar alguém que desapareceu depois que a ditadura baixou o AI-5. Só não posso garantir que tenha conseguido sair do país e se manter escondido, mas ele fugiu, pode ter certeza. E também sei como foi que ele fez isso. Porque ele fugiu exatamente neste barco em que a gente tá conversando agora.

Nestor interrompeu a história por um momento, tirou do bolso dois charutos e ofereceu um deles a Emílio.

— Já fumou charuto antes? Já? — ele perguntou ao acender um fósforo. — Pois então, vou te contar do começo pra você entender. Naquela época, tanto eu quanto teu pai fizemos parte de um grupo chamado Vanguarda Armada Revolucionária Palmares. Você já deve ter ouvido falar. Eu antes era do Comando de Libertação Nacional, com o Emanuel, que tinha estudado comigo na faculdade em Ouro Preto. O Mendes, que você conheceu, também tava com a gente, em sessenta e sete, mas ele foi pra França depois de ser fichado pela polícia. Uns dois anos depois é que a gente foi se juntar ao grupo do Lamarca na Palmares. Eu sempre fiquei mais na retaguarda, ajudando com os *aparelhos*, que eram os nossos esconderijos.

Como a escuna estava voltada de popa para a ilha, os dois só viam da proa o mar e o céu. De vez em quando, ouviam algum chamado dos turistas que se divertiam mergulhando ali perto, em torno dos rochedos de granito que ladeavam a pequena praia. Nestor continuou:

— Antes de a coisa descambar de vez pra violência, eu era mais um reformista do que um revolucionário, na verdade. Pensava numa ação de base. Tinha essa ilusão, naquela época, de que o povo todo ia vir junto, ia derrubar o regime com a gente. Só que o povo não é de esquerda, nunca apoiou a luta armada. Mas não é de direita, também. Sei lá… Você vê só, naquele tempo a opinião pública tava contra o governo Costa e Silva, a polícia em guerra com os estudantes nas ruas, um caldeirão que parecia prestes a explodir, passeata, protesto, assembleia, movimento. Depois veio o auge da repressão, as pessoas morrendo e sendo torturadas, e o Médici teve apoio, era popular. Soube fazer propaganda, toda aquela patriotada, "pra frente Brasil", aquelas coisas. O general aparecia nos jogos de futebol, inaugurava obra. Era a época do milagre econômico, do Pelé… Enfim, é só porque a gente era iludido mesmo. Planos revolucionários neste nosso país conservador. Em sessenta e nove a gente ainda acreditava. O problema era o jeito de financiar nossos planos. Teu pai, quando eu conheci, veio a chamado do Juarez pra planejar uma ação nossa. Ele chegou com o Emanuel no apartamento ali na rua Santa Clara, em Copacabana, que era um *aparelho* onde a gente tava.

Nestor fez uma pausa, com ar pensativo.

— Mas só muito depois fui saber que teu pai se chamava Luís Riva e tinha uma família no Rio — ele explicou. — Entende? Quase ninguém ali sabia quem ele era. Quase ninguém ali sabia quem alguém era, na verdade. Eu usava um nome falso também: *Estevão*. O Emanuel, que chefiava nosso grupo, era o *Vicente*, mas ele eu já conhecia. O nome que o teu pai usava era *Ulisses*.

Emílio não pôde deixar de sorrir e comentou que fazia sentido porque ele era professor, dava aulas sobre Homero.

— Nunca que eu ia imaginar.... — Nestor deu um esboço de sorriso e continuou: — Quando conheci o teu pai, foi porque a gente tinha acabado de receber a informação de que o dinheiro do ex-governador de São Paulo, o Adhemar de Barros, um dos maiores ladrões da política brasileira, era mantido numa mansão em Santa Teresa. Informação preciosa. Era a casa do irmão da Ana Benchimol, secretária e amante do Adhemar de Barros. O Emanuel avisou sobre um companheiro, que veio encontrar a gente alguns dias depois: o *Ulisses*, que era o cara responsável por planejar a ação toda. Mas ele não ficava só na estratégia, não. Ele foi um dos que entraram lá na casa, disfarçados de policiais federais. Amarraram os moradores, cortaram os fios de telefone. O cofre, pesadíssimo, eles tiraram com umas pranchas e roldanas, mas acabou rolando escada abaixo. Depois foi levado pra ser aberto num galpão com maçarico, coisa e tal. Eu mesmo ajudei a jogar os pedaços dele no mar, do costão da avenida Niemeyer. Quando voltei pro galpão, tinha um varal estendido e as notas penduradas pra secar, dinheiro à beça, mais de dois milhões de dólares. Tava no varal porque precisaram molhar o interior do cofre pro dinheiro não queimar enquanto abriam a porta. Coisa de filme americano.

Nestor parou para servir dois copinhos de cachaça e estendeu um para Emílio. A escuna tinha sido virada pelo vento e agora apontava a proa em direção à praia.

— Eu tinha família aqui em Paraty — ele emendou. — Meu pai morreu em setembro daquele ano, sessenta e nove, do coração, por isso, em dezembro eu tava aqui resolvendo burocracia. Não era fichado, podia circular. A herança foi a casa que você conheceu, onde agora é a pousada. Eu comprei a parte dos meus irmãos, que moram em São Paulo. Também essa escuna. Comprei tudo em dólares! Pretendia levar o barco pro Rio, com a ideia de um plano de fuga. Mas uma madrugada, de repente, parou um carro na minha porta, uma Kombi. Naquela época ainda podia entrar de carro nas ruas de Paraty. Me chamaram da rua. Eram teu pai, o *Ulisses*, com o *Vicente* e uma moça que tava bem machucada, enrolada num cobertor. Se chamava *Cristiana*, ela, mas soube depois que, na verdade, era Letícia. Namorada do Emanuel, que era quem sabia onde me encontrar. Os três precisavam fugir às pressas porque tinham sido descobertos pela Polícia do

Exército. A solução foi eles irem embora com a escuna, de Paraty mesmo, já na manhã seguinte. Eu tinha um contato em Salvador, pra onde eles foram. Vários dias de viagem. De lá, sei que o casal conseguiu embarcar num cargueiro do Lloyd que ia pra Lisboa. Anos depois, fiquei sabendo que o Emanuel e a Letícia foram morar na Índia. Do teu pai, a viagem de veleiro pra Bahia é a última notícia que eu tenho. Acho que ninguém sabe onde ele foi parar.

Emílio ficou olhando para o mar enquanto a história dava voltas em sua cabeça. Pensava na lembrança que, durante a viagem, o *Ulisses* devia ter do filho, para quem, um ou dois dias antes, tinha contado histórias da *Odisseia*. Só não conseguia entender por que seu pai nunca tinha mandado notícias. Mas, antes mesmo que pudesse fazer qualquer pergunta, Nestor pareceu adivinhar seus pensamentos.

— Teve alguma coisa que aconteceu com eles naquela noite. Acharam melhor que eu não soubesse os detalhes. E tinham razão, porque no ano seguinte, quando fui preso, foi melhor eu não saber de nada mesmo... — Nestor parou por um momento. — A escuna eu mesmo fui buscar em Salvador e levei de lá pro Rio. Um mês depois, me prenderam na Marina da Glória, porque eu trouxe um passageiro que a Polícia do Exército tava vigiando.

Nestor ficou com uma expressão sombria no rosto e se levantou para pegar a garrafa de cachaça, mas desistiu dela e continuou a falar em pé, andando de um lado para o outro no espaço restrito do convés.

— Fiquei oito meses preso no quartel da Polícia do Exército da Barão de Mesquita — ele disse —, uma parte na solitária, numa cela apertada, hermeticamente fechada, que só tinha uma abertura mínima. Uma grade, acho que na porta, não consigo lembrar direito. Eu dormia em cima de jornal e de um cobertor velho. Não fazia ideia de quanto tempo me deixaram na solitária. Só depois entendi que foram oito meses, porque durante a prisão, perdi completamente a noção do tempo. Conseguiram me obrigar a dizer tudo o que sabia sobre o roubo do cofre, que era o assunto dos interrogatórios, o principal. Me botaram no pau de arara, davam choque e jogavam água pra aumentar a força do choque. De vez em quando, me desciam pro médico examinar. Não sei bem o que disse ou deixei de dizer. Lembro que o próprio médico, bem jovem, oficial do exército também, era quem mais fazia perguntas sobre eles, sobre os fugitivos. Um sujeito asqueroso. Gostava de se exibir, de falar sobre Freud e Marcuse e Marx. Toda uma doutrinação anticomunista. Não ter as respostas que ele queria me ajudava a aguentar. No meio daquilo tudo, meu consolo era isto: não saber o que tinha acontecido com um monte de gente, como o teu pai e o Emanuel.

Nestor sentou-se novamente, com o copinho de cachaça vazio tremendo ligeiramente em sua mão, até respirar fundo e se recompor.

— Desculpa, não vou contar em detalhes o que eu passei — acrescentou. — Só depois de sair da prisão é que fui montando algumas partes do quebra-cabeça da história deles na noite em que chegaram em Paraty. Parece que o teu pai ajudou o Emanuel a resgatar a Letícia, que tinha sido presa em São Paulo e que ia ser levada pra Petrópolis.

Os caras vieram pela estrada Rio-Santos. Pararam numa casa em Santa Cruz pra interrogar. Ela fazia uma... como posso explicar... uma espécie de contraespionagem. Era filha de militar, circulava entre os oficiais, alto escalão, mas passava informações pro nosso movimento. Até hoje não sei como, mas o teu pai deu um jeito de ajudar o Emanuel a tirar a Letícia daquela casa, pegar a estrada e fugir. Mas eles foram identificados e só teriam chance de sobreviver se deixassem o país. E se teu pai desse qualquer sinal de vida, ia botar vocês em risco, entende? Prisão, tortura, qualquer coisa pra descobrirem onde ele tinha se escondido.

Nestor pôs a mão no ombro de Emílio, com uma expressão compadecida. Depois, sem pressa, serviu mais uma dose para os dois.

— Falar isso pra você agora foi importante pra mim — ele disse. — Fico feliz de poder te contar uma parte da história. Mas quem sabe essa história direito é o próprio Emanuel. Ele é o único que pode, talvez, ter alguma notícia sobre o paradeiro do teu pai. O Mendes te disse que ele voltou, né? No fim do ano passado, ele e a Letícia vieram de navio pro Brasil. Parece que o general, pai dela, tava muito doente e resolveu ajudar, era bem relacionado com o Figueiredo, se formou com ele na escola de oficiais, alguma coisa assim. Mas eles vieram em segredo. O general morreu alguns meses atrás. Ficam isolados na casa deles. Você precisa ir lá.

17

QUANDO CHEGARAM FINALMENTE a Nogueira, após a longa viagem de carro desde Paraty, com duas paradas para comer em restaurantes de beira de estrada, Emílio e Fabrício tiveram dificuldade para encontrar o endereço que Nestor lhes dera. Estavam na rua certa, ao que parecia pelo nome na placa. Mas era uma estradinha de terra batida, sem saída, no final de uma série labiríntica de ruas com calçamento de paralelepípedo, na entrada de um vale. Nenhuma das casas exibia o número 94. De um lado da rua, a numeração ia direto da casa 80 para a 122. Do outro, na altura em que ficavam aqueles números, havia um muro de pedra que acompanhava a extensão toda da ladeira. Lá no alto, num largo redondo em que a estradinha terminava, o muro dava num portão grande, cor de ferrugem.

— Olha a altura desse muro! — comentou Fabrício ao estacionar.

Enquanto abria a porta do carro, sentindo o ar frio da serra com seu cheiro bom de mato, Emílio comentou que ia dizer a mesma coisa. Como não encontraram nenhuma indicação visível de número, foram tocar o interfone instalado no portão. Fabrício não ouviu nenhum barulho ao apertar o botão, mas quase de imediato uma voz disse "Alô, pois não?". Ele perguntou se ali era o número 94 e explicou que estava procurando o Emanuel, era para dizer a ele que quem estava ali era o filho do *Estevão*. A voz mandou que eles esperassem.

Fabrício voltou a abrir seu Fusca e, apoiado no assento do motorista, tirou do bolso um canivete e começou a mexer com a chave de fenda na parte de dentro da porta, de onde tirou um envelope que estava escondido num compartimento atrás da caixa de som.

— Coisa do meu pai — ele explicou. — É isso aqui que ele me pediu pra trazer e entregar ao dono da casa.

Depois disso, ainda tiveram que aguardar um ou dois minutos até que um homem atarracado, usando um casaco acolchoado azul-escuro, entreabriu o portão. Estava acompanhado por um cachorro grande, de pelo longo, que lembrou a Emílio o Capeto das histórias em quadrinhos do Fantasma. Esse caseiro pediu que deixassem o carro ali mesmo, por enquanto, e então os deixou entrar num pátio amplo, com chão de pedra, que contornava uma garagem. Apesar do aspecto assustador, o pastor-alemão pareceu amistoso ao cheirar os visitantes, que seguiram o homem de casaco azul por um caminho de pedras através de um gramado em declive cortado por um riachinho.

Uma casa grande de dois andares, com paredes amarelas e uma varanda comprida, ocupava o centro do gramado, perto de onde o riachinho formava uma piscina natural. Mas o caminho de pedras que eles tomaram se dividia e levava a uma outra casa, menor e de arquitetura mais moderna, construída parcialmente sobre uma rocha que ficava na subida do morro coberto pela mata. A uns cinquenta metros dessa segunda casa, sob um caramanchão, os dois repararam num grupo de umas dez pessoas que faziam posições de ioga, de costas para eles. Da porta da casa surgiu um homem louro, alto, de camisa xadrez de flanela, com uma caneca na mão. O cachorro correu até o homem e sentou-se a seu lado, enquanto ele observava os jovens que se aproximavam.

— Bem-vindos! Entrem aqui — disse, saudando os visitantes com um sorriso no rosto. — Eu sou o Emanuel. Prazer. Quem de vocês é o filho do Nestor?

O dono da casa tinha um jeito enérgico, falava alto e se movia com gestos decididos, sem hesitação. Deu um abraço em Fabrício ao saber que ele era filho de seu amigo. Parecia entusiasmado com aquela visita feita assim, de surpresa. Só depois do abraço perguntou o nome de Fabrício, que se apresentou, pediu desculpas por aparecer sem aviso e deu notícias do pai: contou que ele tinha vindo de Lyon fazia quatro anos, com a família, que a casa em Paraty virou uma pousada. De repente, enquanto falava, Emanuel se deu conta de que não tinha cumprimentado o outro recém-chegado.

— E você é...? — perguntou ao cumprimentá-lo com um aperto de mão.

Emílio ficou em silêncio por um momento, observando o rosto do dono da casa, sem responder. Surpreso com a reação, Fabrício resolveu apresentá-lo:

— Esse aqui é o Emílio, filho do *Ulisses*. Luís, né? — Fabrício perguntou para Emílio, mas voltou a falar com o outro antes de esperar pela resposta. — O Emílio foi até Paraty pra tentar conseguir alguma notícia do pai dele.

Emanuel também não disse nada por um instante. Em seguida, pôs as duas mãos nos ombros de Emílio e o encarou com uma expressão comovida, quase do mesmo jeito que Nestor tinha feito no dia anterior, no barco.

— Não acredito nisso! Eu conheci você criança... — disse. — A Letícia não vai acreditar que tá aqui o filho do homem que salvou a vida dela. Venham, venham, entrem.

Seguindo seu anfitrião, os dois chegaram a uma sala de pé direito muito alto, bem iluminada por janelões de vidro que ocupavam toda uma parede lateral, voltados para o verde.

— Vocês já almoçaram? Já? Têm certeza? Então vou pedir um chá. Querem? Como a gente morou na Índia, aqui em casa todo mundo se acostumou a tomar chá em vez de café. Mas se preferirem café, eu mando vir também.

Emanuel os levou até um recanto mais ao fundo da sala, onde um sofá branco, uma cadeira de balanço e poltronas bonitas de couro cercavam uma mesa de vidro ocupada por livros de arte, diante da lareira acesa. Sobre a bancada acima da lareira, havia duas pequenas esculturas, uma de um deus elefante com corpo de homem, outra de uma figura andrógina com colares e pulseiras de cobras, as duas colocadas ao lado de potes coloridos e lanternas de metal enfeitadas com filigranas prateadas. Esses objetos indianos combinavam com o tapete sob a mesa de centro, de fundo vermelho-escuro e com desenhos ornamentais em losangos coloridos. Os móveis, o tapete, os enfeites, os livros de arte, tudo parecia cuidadosamente escolhido e posto no lugar certo, como Emílio pensou observando a sala.

— Sentem-se. Quero saber como vocês dois, juntos, o filho do Luís e o filho do Nestor, vieram parar aqui. Minha mulher tá dando aula de ioga lá no jardim, já vem. Vocês devem ter visto umas pessoas fazendo umas poses estranhas ali fora, né? As alunas são umas vizinhas nossas, além da Tânia, irmã da Letícia, com os filhos e as namoradas. Devem ter mais ou menos a idade de vocês.

Antes de se instalar numa das poltronas, Fabrício entregou ao dono da casa o envelope que tinha trazido, do qual Emanuel retirou um velho passaporte, alguns documentos e um anel de ouro que manteve na palma da mão durante algum tempo, com uma expressão comovida no rosto. Agradeceu entusiasticamente e, ao tomar seu lugar na cadeira de balanço, comentou que aquelas coisas pareciam vindas de uma outra vida.

Obedecendo a uma indicação, Emílio tinha se sentado na outra poltrona, ao lado de Fabrício. Já que o dono da casa o encarava com um olhar interrogativo, começou a explicar de que modo tinha ido parar ali. Estava nervoso ou emocionado, falava depressa: a situação de sua família, de sua mãe, especialmente, respondendo às perguntas de Emanuel, o encontro com Mendes, a viagem a Paraty, a conversa na escuna.

— A *Fenícia*! Seu pai ainda tem esse barco? — Emanuel quis saber do Fabrício. — A gente viajou nele pra

Salvador. Foi de lá que, com a ajuda de um companheiro nosso, o Jerônimo, eu e Letícia embarcamos pra Lisboa. Depois a gente seguiu pra Londres e, no mês seguinte, pra Jaipur, a convite dos meus parentes indianos. Mas o Luís não quis embarcar com a gente pra Lisboa. Ficou no país, tinha outros planos...

Emanuel parou de falar e voltou a encarar Emílio, com uma expressão mais séria, consternada.

— Acho que ele ainda pretendia dar um jeito de voltar pra casa — acrescentou depois de alguns segundos. — Eu soube que o Jerônimo foi preso na rodoviária, poucos dias depois da nossa partida, mas o Luís escapou. É a última notícia concreta que posso dar a res...

Emanuel foi interrompido pela entrada da mulher, que se aproximou dos visitantes sorrindo, de olhos muito abertos, uma expressão de curiosidade no rosto. Nestor já tinha comentado com eles, quando os três arrumavam as coisas no carro, em Paraty, que Letícia era a mulher mais bonita que ele já tinha visto. Mesmo estando machucada quando a encontrou, com um hematoma no rosto, era impressionante. Não sabia agora, dez anos depois, se tinha mudado. Mas impressionante era pouco, ocorreu a Emílio quando ela entrou na sala. Era uma beleza dessas que deixam a gente até meio desconcertado.

Quando seu marido explicou quem eram os dois, Letícia quase chorou de emoção.

— Meu Deus, não acredito nisso — ela disse ao abraçar Emílio, que tinha acabado de se levantar da poltrona. — Parece. Seu pai... se não fosse por ele... E você? — dirigiu-se ao Fabrício — Filho do Nestor, que também foi outro dos nossos salvadores. Um minuto, um minuto só, já volto, deixa eu me ajeitar lá dentro e venho falar com vocês.

A ausência dela pareceu deixar um vazio na sala, como se, ao sair do recinto, deixasse uma espécie de perfume da sua imagem: o rosto corado, os olhos grandes, brilhantes.

— A gente tá meio refugiado aqui — Emanuel contou. — Na verdade, essa casa é da família da Letícia. A casa grande pela qual vocês passaram, perto de uma piscina, era a do pai dela, meu sogro, que morreu no final do ano passado. Minha cunhada e os filhos é que tão ficando lá agora.

Enquanto ele falava, uma senhora de uniforme e avental se aproximou com uma bandeja de prata. Equilibrava uma estranha chaleira de metal indiana, na forma de um regador comprido, e xícaras de vidro enfeitadas por delicadas filigranas, como as das lanternas sobre a lareira. Pouco depois que ela tinha servido o chá e distribuído as xícaras, Letícia reapareceu ainda mais deslumbrante do que antes, vestida com uma bata longa com estampas de flores, o cabelo solto, comprido. Sentou-se no sofá, de frente para os visitantes, e os fez repetir as informações que tinham dado até aquele momento. Quando Emílio contou que tinha vindo à procura de notícias do pai, ela olhou para o marido de um jeito estranho, como se esperasse para ver o que ele iria dizer.

— Culpado, é como eu me sinto — Emanuel declarou repentinamente, seco. — Porque fui eu quem pediu ajuda pro Luís.

Ele ficou calado por um momento, com uma expressão entristecida, olhando para o vazio. Pegou um cigarro do maço que estava na mesa de centro e o acendeu antes de voltar a falar:

— Se não fosse por mim, talvez ele nunca tivesse desaparecido. Mas quem pode saber. Naquela situação, vida dupla, não dá pra saber o que ia acontecer com ele. A Letícia — ele indicou sua mulher com a cabeça — tava em São Paulo e foi presa porque descobriram que ela passava informações pra gente. Caiu nas mãos daquele bando de fascistas, foi raptada, levada de carro. Por sorte a gente conseguiu saber pra onde, porque a casa em Santa Cruz que eles usavam tava sendo vigiada. Quando me deram a notícia, eu tinha poucas horas pra fazer alguma coisa. No desespero, achei que só o Luís podia me ajudar, inventar um jeito de tirar a Letícia de lá. Acho que era mesmo... Peguei o que eu tinha e toquei lá na casa dele, no Flamengo, na rua Paissandu. De madrugada isso. Ele desceu, ouviu a situação, aí correu pra casa de volta, só pra falar com a Rebeca, enquanto eu esperava no carro. Depois foi comigo e a gente pegou a estrada.

Emílio já sabia que conhecia o dono da casa de algum lugar, mas só ao ouvir aquele relato se deu conta de que era ele o homem louro de jaqueta jeans das suas lembranças, o homem com quem ele tinha visto seu pai pela última vez.

18

Alguma coisa na história contada pelo casal não tinha ficado muito bem explicada, como Emílio e Fabrício comentariam depois, entre si. Um dos responsáveis pela prisão de Letícia, um tenente chamado Carlos, era uma pessoa próxima, com quem ela tinha intimidade. Foram as palavras que ela usou. A partir da descrição feita nesses termos, quem estava ouvindo a história tinha que ficar imaginando que tipo de envolvimento existia entre ela e o militar. Letícia era paulista, filha de um oficial do exército que assumira um cargo no Rio de Janeiro em 1966, logo depois de ser promovido ao posto de general de brigada. A família foi morar em Copacabana, no Bairro Peixoto, e ela conheceu Emanuel na praia do Arpoador. Ele tinha terminado a faculdade em Minas Gerais e dividia um apartamento com dois amigos na rua Joaquim Nabuco.

— Conheci o Nestor em Ouro Preto — Emanuel tinha dito, dirigindo-se a Fabrício. — A gente era de um grupo marxista, junto com um pessoal de Belo Horizonte. No final da faculdade, a gente entrou pro Comando de Libertação Nacional, por influência de um amigo do seu pai, o João Bruno, que era sargento do exército, mas era de esquerda, contra a ditadura. Tinha muitas divisões no exército, na verdade, o pai da Letícia é um caso. Era oposição ao Costa e Silva, contra a linha dura, ligado ao presidente Castelo Branco. Foi secretário do Golbery.

Conforme Letícia explicou, em 1968, seu pai tinha sido mandado para longe, transferido para uma base em Recife, e depois para outra, mais longe ainda, na Amazônia. Isso no meio de toda a agitação política daquele ano. A transferência ocorreu no fim de junho, uma semana depois da Sexta-feira Sangrenta, como ficou apelidado o dia mais violento de quebra-quebra dos estudantes com policiais no centro.

— O presidente Costa e Silva tinha dado uma declaração de que não ia deixar o Rio se tornar uma nova Paris — Letícia comentou. — Meu pai, em casa, pelo menos, dizia que ele era de uma burrice exemplar, que ia conseguir fazer toda a classe média se voltar contra o governo.

No início daquele ano, Emanuel ficava indo e voltando para Belo Horizonte, mas desde o enterro do estudante Edson Luís, que parou a cidade no final de março, ele se instalou de vez no Rio. Letícia já tinha começado a colaborar com o grupo do qual ele fazia parte quando o pai dela foi transferido para o Nordeste. Desta vez, o general não levou a família, então ela teve que voltar para São Paulo com a mãe. E o tal Carlos, ela já conhecia desde criança, era um velho amigo, morava na mesma rua em Perdizes, tinha sido aluno do seu pai na Escola Militar. O que ela descobriria só alguns meses depois, como Emanuel contou, é que aquele oficial amigo da família não só trabalhava para o Departamento de Ordem Política e Social, o principal órgão de repressão de São Paulo, como também era de um grupo terrorista de extrema-direita, responsável por explodir bombas nas redações dos jornais considerados de oposição, sequestrar e torturar quem eles suspeitavam ser subversivo: jornalistas, professores, estudantes. O grupo agia em São Paulo e no Rio de Janeiro. Quem liderava as ações era um major do Destacamento de Operações de Informação chamado Mendonça.

Quando Letícia foi descoberta, logo na mesma noite, o próprio Carlos e mais três homens a levaram embora de São Paulo. Com um capuz na cabeça, ela não sabia onde estava ao chegarem na casa em que começaria o interrogatório. No início, seus sequestradores não foram violentos, talvez por temerem a repercussão entre os militares, ela pensou, ou por respeitarem o pai dela. Mas tentaram de todo jeito fazê-la contar o que sabia, com ameaças dirigidas à mãe, à irmã, a sobrinhos, amigos. Como ela se recusou a falar, os homens discutiram entre si várias vezes e, aos poucos, decidiram atribuir o sequestro dela à própria Vanguarda Popular Revolucionária, que ela tinha ajudado. A partir do momento em que essa decisão foi tomada, Carlos foi encarregado de ficar de vigia em um outro aposento e seus dois comparsas (um deles parecia ser o comandante do grupo, provavelmente o tal major Mendonça) passaram a agir com mais violência. Foi quando Letícia ouviu a buzina de um carro lá fora.

— A ideia foi do Luís — Emanuel explicou. — A gente pegou meu carro, era um Corcel azul que eu tinha, parou na frente do portão da garagem. Tavam na mala, dentro de uma bolsa, as bananas de dinamite que a gente tinha roubado deles próprios quando impediu um atentado no centro do Rio, no dia da missa do Edson Luís. Os caras vieram pra ver o que tava acontecendo na frente da casa, aí o carro explodiu. Derrubou o portão. Os dois que tinham ficado lá dentro correram pra saber o que era aquele estouro. E eu consegui entrar pelos fundos, pela janela, pra tirar a Letícia de lá. A gente fugiu numa Kombi velha, roubada pelo Luís. O carro deles foi atingido pela explosão e não tiveram como perseguir na hora. Acho que pelo menos um deles teve que ir pro hospital.

Emanuel apagou o cigarro no cinzeiro na mesa em frente e olhou para a mulher.

— Paraty, então — ele disse em seguida. — Pensei logo no Nestor quando a gente pegou a estrada em direção a Angra, porque ele era quem bolava as fugas, os esconderijos. Fomos pra lá, explicamos a situação toda. Mas o grande problema é que eles sabiam quem o Luís era.

— Tinham falado o nome dele pra mim, no começo do interrogatório: Luís Riva — Letícia acrescentou. — Eu nem sabia de quem tavam falando, porque só conhecia por *Ulisses*. Quando contei, no carro, sobre o nome que eles tinham dito — ela se dirigiu a Emílio —, seu pai ficou transtornado. Era isso, já tinham o nome dele. O que eles queriam me obrigar a dizer era a identidade do *Vicente*.

— Por algum motivo, o Toninho não tinha chegado a entregar o meu nome, só tinha contado que ela se dava com um homem chamado *Vicente*... — Emanuel acrescentou, para em seguida explicar: — A Letícia foi descoberta porque os desgraçados prenderam o Toninho, que era nosso mensageiro. Era ele quem fazia o contato dela com a gente em São Paulo. Botaram no pau de arara, fizeram ele falar. Mataram de tanta pancada. Mas justamente o Toninho — disse, dirigindo-se agora a Emílio — era uma das poucas pessoas que sabiam quem teu pai era. Acho que só eu, ele e o Juarez sabíamos.

Os dois pararam de contar a história de repente, porque outras pessoas tinham entrado na casa: cinco garotos com umas roupas hippies, aos quais os visitantes foram apresentados como filhos de velhos amigos do Emanuel. Dois dos garotos eram sobrinhos de Letícia, que se levantou, sorridente, dizendo que aquela conversa nostálgica estava deixando todo mundo triste e que era melhor botar uma música para descontrair. Foi até a estante onde ficava a vitrola e, enquanto os garotos se cumprimentavam, começou a mexer nos discos enfileirados numa das prateleiras. Ainda sério, com um ar melancólico, Emanuel foi buscar uma garrafa de vinho.

— Vou botar um Miles Davis — Letícia avisou, exibindo uma capa de LP de cores vibrantes na mão, um grande olho multicolorido sob um arco azul.

A mudança de ambiente foi rápida. De uma hora para outra, a conversa tinha dado lugar a uma pequena festa. O assunto sério e pesado foi deixado de lado, sem necessidade de muitas explicações. Emanuel só comentou:

— Depois a gente conversa mais. Vocês são meus convidados pra jantar e vão ficar hospedados aqui esta noite.

Tânia, a irmã de Letícia, era bem mais velha do que ela, e as duas não se pareciam nem um pouco. Era uma senhora muito magra, de cabelo grisalho longo, com óculos de lentes grossas, que chegou na casa usando um vestido estampado laranja e um casaco de veludo. Tinha um ar distraído e quase não prestou atenção nas explicações do cunhado sobre aqueles recém-chegados. Letícia, que se ausentara por alguns minutos, voltou com uma expressão animada e, depois de chamar os hóspedes para perto, mostrou um cone colorido de cerâmica na palma da mão.

— Isso aqui vai animar a gente — ela disse, sorrindo. — Chama *charas*, na verdade *charasguaya*, feito com planta fresca, e não seca. Esses cachimbos aqui são *chillums*, que simbolizam o corpo do deus Shiva, o Destruidor ou o Transformador. É aquele ali. — Ela indicou a escultura de uma figura humana com colar de serpentes sobre a bancada da lareira.

Convidou todos para se sentarem e, ao acender o cachimbo de cerâmica, disse algumas palavras, num idioma desconhecido, que pareciam uma oração.

— O *charas* é o símbolo da mente livre do peso do corpo — continuou explicando, dirigindo-se a Emílio e Fabrício, a quem passou o cachimbo colorido. — A fumaça é o que vem de Shiva.

Ela tinha razão sobre a animação, Emílio constatou alguns minutos depois, ao se dar conta de que todas as pessoas da sala estavam rindo, inclusive ele.

Só na manhã seguinte, quando os dois hóspedes chegaram na sala em que a mesa do café estava posta, o dono da casa surgiu já vestido, de banho tomado e, sentando-se com eles, retomou brevemente o assunto da tarde anterior. Mas fez isso de maneira tortuosa, num tom diferente. Em vez de continuar o relato que ele e a mulher tinham feito na véspera, Emanuel contou uma história da viagem de volta para o Brasil, num cargueiro de bandeira portuguesa que saiu de Bombaim e fez uma escala na ilha de São Tomé, na costa da África. Como o navio teve um problema na hélice e precisou de reparos, o casal ficou hospedado por quase uma semana na ilha.

— O povo de lá é muito receptivo, a ilha tem uns lugarejos, vida sossegada. Tinha um navio enorme encalhado numa praia, todo enferrujado. Lembro de ficar sentado numa pedra só olhando praquele navio e pro mar azul-escuro, as ondas rolando na areia muito branca. Um dia, eu e Letícia fomos assistir a uma procissão, perto do porto. Acho que nós dois éramos os únicos brancos ali. Lá aconteceu que nem no Brasil: religiões africanas misturadas com a católica. Depois a gente foi pra uma festa de santo, parecia candomblé. Na casa, tava um velhinho que eu já tinha visto durante a procissão, muito magro, muito, muito velho. Chamou a minha atenção porque parecia uma criatura marítima: a barba branca ondulada e a pele escura, curtida, e uns olhos brilhantes. E era uma pessoa importante, um pai de santo. Disseram que ele ia jogar búzios pra mim, era pra eu ir até um quarto dos fundos, onde ficava uma espécie de altar enfeitado com flores e frutas. Ele começou a falar, num português difícil de entender, da viagem que eu tinha feito pelo mar e de um amigo que tinha desaparecido depois de viajar comigo.

Emanuel fez um intervalo, encarando seus interlocutores enquanto acendia um cigarro, depois acrescentou:

— Eu sou agnóstico, na verdade. Não costumo me envolver com nada de religião, mas daquela vez fiquei impressionado. Ele me disse que meu amigo não tinha como voltar pra casa ainda, mas que eu podia ter certeza de que ele ia chegar um dia.

Parou de falar de novo por um momento. Havia uma expressão estranha em seu rosto, uma mistura de raiva e tristeza.

— É uma pena eu não ter notícias mais concretas do Luís pra te dar — disse a Emílio. — Mas quis contar isso pra vocês porque desde ontem não sai da minha cabeça essa história, até sonhei com o velho africano de São Tomé. Tem essa coisa de clandestinidade, eu não cheguei a passar por isso. A Letícia tava junto comigo. Quando a gente resolveu voltar, foi decisivo ter uma garantia de segurança. A gente conseguiu negociar essa garantia porque o pai dela era amigo do Figueiredo. Se não fosse por isso, acho que a gente só teria voltado quando o Brasil tivesse outro governo, ou pelo menos só depois que a Lei da Anistia fosse aprovada. Você tem que entender que, pra quem vive escondido, a única proteção que a pessoa tem é realmente acharem que ela morreu. Todo mundo achar isso. Porque aí param de ir atrás, não vão pegar a família pra forçar alguma coisa. Imagina a solidão, o isolamento... Se for o que aconteceu com teu pai, pode explicar a falta de notícia. E, se ele pensa em voltar agora com a anistia que tá aí, não é fácil saber quando nem como fazer isso.

19

Lúcio andava de um lado para o outro em sua oficina, sem saber o que fazer. Já tinha ido duas vezes até o mirante do muro, mas nem sinal do vizinho. Deixara lá, conforme os dois tinham combinado da última vez, uma fita amarrada no banco de madeira, sinal de que precisava falar com Galhardo urgentemente. Na noite anterior, tinha ligado também para Emílio, que devia chegar a qualquer momento em razão do pedido dele para que passasse ali na oficina por volta de três da tarde. Não quis falar nada pelo telefone, com receio de que houvesse algum tipo de grampo da polícia.

Tinha combinado às três da tarde por causa da situação de Emílio naquele dia. Se fosse qualquer outro, teriam marcado um encontro à noite mesmo, pronto. Mas justamente no dia anterior Emílio não podia sair, pois estava com a namorada recém-chegada da França. Fazer o quê? Não ia atrapalhar a felicidade conjugal do amigo, Lúcio pensou, dando de ombros. Quando soou a campainha da oficina, ele verificou no relógio que eram quinze para as três e teve certeza de que Emílio tinha chegado adiantado.

Por isso, tomou um susto ao abrir a porta e se deparar com o vizinho, que trazia uma vitrola embaixo do braço. Galhardo usava, como de costume, seu agasalho esportivo surrado, boné e óculos escuros, e Lúcio se perguntou se ele não sentia calor vestido sempre daquele jeito em pleno Vidigal. Agiu como se fosse apenas um cliente:

— Pode dar uma olhada nisso aqui pra mim? — perguntou ao entrar. — Tem algum problema no braço da agulha, eu acho. Bote aí um disco pra testar.

Lúcio deixou a vitrola na bancada lateral, ligou na tomada e se dirigiu até a prateleira em que ficavam seus discos, da qual retirou um álbum de capa preta, do Pink Floyd. Só depois que a primeira música estava tocando, Galhardo se aproximou dele e confirmou que tinha visto a fita na árvore. Também precisava conversar, dar um aviso importante, mas era melhor falarem em voz baixa, por precaução. Não parecia afobado nem nada, então Lúcio obedeceu à recomendação e, tentando controlar o próprio nervosismo, passou a lhe contar o motivo da fita deixada no banquinho do mirante:

— Pô, ontem o Malvino, o meu primo lá da casa da esquina, apareceu aqui, superassustado, pra me dizer que eu precisava falar com um garoto que mora perto do Arvrão, na rua de cima. O Cristiano. É o garoto que viu quem deu o tiro no Vítor, sabe? Eu te contei no outro dia… Pois é, acontece que o garoto tava achando que o cara que deu o tiro no Vítor tava de novo aqui. No Vidigal! Aí a gente foi lá de uma vez, pra encontrar ele naquela laje onde os meninos soltam pipa, sabe, na pracinha. O garoto confirmou pra mim que tinha cruzado com um homem no beco da rua de cima anteontem e tinha achado que era o mesmo do dia do tiro. O homem tava de jaqueta de couro, andando ao lado de um outro que ele conhecia, o Edinho, que tava à paisana, mas é milico. De óculos escuros, o homem, mas ele achou que era o mesmo do outro dia. Foi isso que o garoto me disse.

Lúcio parou por um momento, com uma expressão alarmada. Resolveu aumentar o volume do aparelho de som e se levantou, mas desistiu no caminho e continuou a falar:

— Não sei direito… Pode até ser alguma confusão do moleque. De repente, ele deu com esses caras aí que a gente ouve falando nos walkie-talkies e se assustou. Pode ser o jeito, a roupa. Sei lá… Eu ainda não disse nada pro Vítor. Não quis dizer nada ainda. Pô… logo agora que o meu irmão tá aí recuperado, retomando as coisas dele. Ele chegou de Minas no domingo agora. Vai ficar paranoico. Que nem eu. Um troço desses. Desculpa eu falar tudo isso pra você assim, de supetão. Mas eu não tô sabendo o que fazer.

Galhardo se recostou na cadeira onde tinha sentado, tirou os óculos escuros e ficou calado por um tempo, cofiando a longa barba grisalha. Lúcio reparou nos olhos claros, grandes e bonitos, que naquele momento pareciam vidrados, como se ele estivesse olhando para longe, para algum lugar atrás de seu interlocutor. Finalmente, ele puxou a cadeira mais para perto e disse, num tom grave:

— Esse dr. Mário de quem eles falam é do Departamento de Operações de Informação, um filho da puta de um torturador, terrorista. É capitão do exército. Ele também faz parte da AAB, que é uma organização de extrema-direita: Aliança Anticomunista Brasileira. Um bando de fascistas. Sabe essa bomba que explodiu uma banca de jornal no centro outro dia? Não viu a notícia que saiu na semana passada no jornal? Dava a entender que foram radicais da esquerda, *subversivos*, nos termos lá deles, mas na verdade isso foi coisa do grupo desse capitão aí. Ele é médico militar. Tem um consultório civil, normal, em Copacabana. Mas usa esse nome falso no DOI. Participa das sessões de tortura. Depois atende os presos, trata dos ferimentos deles pra que possam ser ainda mais torturados. As bombas, o terrorismo, isso tudo é pra criar um clima de paranoia coletiva, pra impor a volta da linha dura no governo. Dez anos atrás já era assim.

— Caralho, bicho, que barra pesada… — foi o que Lúcio, cada vez mais apavorado, conseguiu comentar. — Só não consigo entender o que meu irmão pode ter a ver com tudo isso.

— Calma. É um troço feio pra caramba. A gente tem que se concentrar pra fazer tudo direito e tirar seu irmão dessa. Sei que ele acabou de voltar de viagem, mas você precisa dar um jeito de levar ele embora daqui do Vidigal de novo, pelo menos por alguns dias. Chegou a ouvir a conversa deles hoje de manhã, no seu rádio? Bem cedo? Não?

— Não… perdi essa.

— O da voz rouca, que parece ser o sargento, falou pro outro policial, pro Zero Cinco, que amanhã era o dia de "recolher o menor" e levar pro quartel. Sem nenhuma testemunha. Isso, segundo ele, era "aquele assunto pessoal lá do dr. Mário". Porque o Zero Meia já tava encarregado do material pra tal operação. Você deve ter ouvido as conversas sobre isso, eles têm falado dessa operação nos últimos dias. Era pra deixar tudo preparado no carro, o da voz rouca disse.

— Que carro é esse? Tô boiando.

— Vou te dizer o que eu acho. Na quarta-feira, dia 22, vai ter a votação da Lei da Anistia no Congresso. O que eu acho é que eles querem explodir uma bomba nesse dia. Mas não sei onde, não faço ideia. Os alvos deles costumam ser as redações dos jornais que eles consideram de oposição ou até as bancas que vendem esses jornais... Minha suspeita é essa. Uma bomba. Isso pelo que eu ouvi dos troços que eles falam. Acho que essa operação de vigilância aqui no Vidigal na verdade não é pra me prender, como você tinha pensado. Eles podem até querer um bode expiatório, alguém da luta armada dos velhos tempos, pra poder responsabilizar depois, como se fosse um atentado. Isso eu não sei... Pode até ser. Mas se for, também, vão manter o cerco por aqui, esperar a hora certa, depois do dia da votação.

— Mas e essa história de "assunto pessoal do dr. Mário", de "recolher o menor"? Porra, que papo é esse?

— Só pode ser o Vítor! Você precisa levar ele embora do Vidigal. Hoje mesmo. Não dá pra saber o motivo pelas conversas deles. Mas dá pra saber que tão vigiando o teu irmão. Se ele levou bala de um cara de fora, como disse o tal menino, teu vizinho, e se agora você tá me dizendo que o mesmo menino viu o sujeito de novo, alguma coisa o teu irmão aprontou com a pessoa errada. Esse cara tá atrás dele. O sargento da voz rouca parece que já conhecia ele, já participou com ele de outras operações desse tipo. Bomba e tal. Mas você me disse que a história do tiro foi por causa de uma briga num condomínio ali de São Conrado. Tá mal contada essa história...

Lúcio não chegou a responder nada, porque um toque da campainha interrompeu a conversa.

— Tô esperando um amigo, o Emílio — ele explicou ao vizinho, que tinha se levantado e olhava com expressão preocupada para o portão.

— Certo, já vou embora. Tira o teu irmão do Vidigal — Galhardo disse, enquanto ajeitava os óculos escuros.

Depois de cruzar com o desconhecido na entrada, Emílio parou na frente de Lúcio erguendo os ombros e as mãos, com uma expressão confusa.

— Pink Floyd? — ele perguntou, estranhando a música alta na companhia daquele velho de barba desgrenhada.

— É um vizinho. Cara, o negócio tá feio por aqui.

Os dois foram até o mirante do quintal e Lúcio passou a contar ao amigo, o mais minunciosamente que conseguiu, tudo o que tinha acontecido nos últimos dias, enquanto ele estava fora. Quando terminou de relatar a conversa que acabara de ter com Galhardo, eles saíram para procurar o Vítor, que devia estar no campo jogando bola. Durante o percurso apressado pelas vielas do Vidigal, Emílio também fez um resumo das notícias que tinha conseguido na viagem, em Paraty e em Nogueira.

— Porra, de repente o meu vizinho conhece esse pessoal aí do teu pai. Ele era de um desses grupos aí — Lúcio comentou.

Vítor estava mesmo no campo, com três amigos, jogando uma partida de gol a gol com um deles. Topou ser substituído ao perceber a expressão alarmada no rosto do irmão. Eles foram até o terreno do Ricardo, perto da trilha para a pedra do Dois Irmãos. Sentaram-se nas vigas de cimento, no alto do terreno, na ruína de uma casa em construção. Vítor ouviu o relato de Lúcio sobre a situação descrita pelo vizinho e o perigo que parecia estar correndo. Não demonstrou ficar assustado. Parecendo estar mais com raiva do que com medo, levantou-se e andou de um lado para o outro, fazendo muitas perguntas. No final das contas, concordou em voltar a sair do Vidigal por alguns dias. Parecia revoltado, com um olhar sombrio. Emílio perguntou então sobre o dia da briga no condomínio, se tinha alguma coisa que Vítor estava escondendo a respeito daquela história.

— Cara, não, foi só aquilo mesmo, porrada num nazistinha lá, eu juro, Emílio — Vítor disse, sério. — Pode até perguntar pro teu amigo do condomínio que tava na pelada também. Manja? Um grandão. Marcelo, né? Ah, e tinha um coroa que ele conhecia, meio metido a garotão. Veio separar a briga todo crente, chegou torcendo meu braço. Tipo coisa de cana. Acho que dei uma banda nele, e o coroa caiu de bunda no chão. Só sei que sobrou pro coroa porque o Beto me disse depois. Pensei até que podia ser pai do nazistinha pra chegar querendo me derrubar assim, mas o Beto disse que não era, não. Ele e o Tonel que me seguraram. Quando veio me ver, logo depois do tiro, o Beto disse que o nazistinha era filho de um cara do exército, um coronel Sei Lá das Quantas. Perguntei se era aquele coroa, mas não, o coroa ele não sabia quem era.

— Como ele é? — Emílio perguntou. — É um cara bronzeado, meio grisalho, de cabelo curto?

— É, acho que sim.

— Putz, pode ser o Bruno, que foi casado com a mãe do Marcelo. Ele mora no condomínio e às vezes joga essa pelada. A cara dele se meter na história. Bem-feito.

Pensaram em levar Vítor para a casa de Emílio, mas seria difícil explicar a situação para Célia, tia deles, e para Rebeca. Aquilo podia levantar suspeitas, e não queriam apavorar a família. Emílio se lembrou então do apartamento de Laís, que estava viajando por uns dias para visitar a mãe em Belo Horizonte. Ela tinha deixado a chave com ele, por causa do gato. Tinha dito até que ele podia ficar lá com Aline, se quisesse, a casa era deles. Ficava ali perto da rua Paissandu, na praça São Salvador, Emílio explicou. Era um predinho pequeno, tranquilo, sem porteiro nem elevador.

20

O PRIMEIRO DIA FOI longo, uma sucessão de encontros, conversas e visitas, desde quando Aline ligou para avisar que já estava em casa, até a primeira noite que Emílio passou com ela depois de um ano. Casimiro, o pai dela, tinha ido buscá-la bem cedo no aeroporto do Galeão. Emílio teve uma sensação de estranhamento ao chegar na portaria do prédio da rua Santa Clara, um pouco como se fosse um lugar que tinha ficado no passado, um lugar de outro momento da sua vida. Não querendo dar atenção a esse pensamento, passou apressado pela portaria bem conhecida, com suas pilastras arredondadas e a parede ladrilhada na lateral dos degraus compridos. Achou-se muito pálido no espelho que havia dentro do elevador, depois sentiu o coração acelerar quando a grade pantográfica se abriu, barulhenta, liberando-o para avançar até a porta que exibia o número 701.

Quem abriu foi a irmã adolescente de Aline, Renata, que ele quase não reconheceu. Tinha crescido e engordado desde a última vez que a vira, talvez estivesse até mais alta que a irmã mais velha, e ainda mais parecida com o pai, que veio da cozinha com uma garrafa de vinho francês na mão, cumprimentando Emílio de um jeito bem efusivo. Casimiro era polonês e, em 1939, aos seis anos de idade, tinha escapado de Varsóvia levado por um tio e viera parar no Brasil. Emílio gostava dele, admirava seu jeito franco, sua disposição de espírito que se mantinha inalterável, a atenção sempre voltada para questões práticas. Mas Aline não se parecia nada com o pai e a irmã, tipos louros e meio pesadões, herdeiros dos traços da família judaica do Leste Europeu. Foi isso que passou pela cabeça de Emílio quando a viu de costas, ao lado da mãe, morena e esguia como ela, no quarto para o qual Casimiro o guiou dizendo, enquanto atravessavam o corredor:

— Tá lá dentro com a Leila desfazendo as malas, vou te levar até ela.

Aline e a mãe estavam diante de duas grandes malas abertas no chão, já quase vazias. Roupas, frascos de perfume e livros tinham sido arrumados sobre as camas das duas irmãs, no quarto que elas agora voltariam a dividir.

Emílio estava pouco à vontade, apreensivo, mas o longo abraço que Aline lhe deu desfez quase toda a tensão que sentia com a expectativa daquele retorno. Durante o almoço, esse alívio se reforçou, e a impressão que tinha era de que ela estava contente de voltar ao Brasil, afinal, apesar de todas as preocupações expressas em suas cartas. Leila e Casimiro, simpáticos como sempre, estavam obviamente muito alegres com o retorno da filha, que contava, com seu jeito engraçado e irônico, histórias daquele ano dedicado a estudar cinema em Paris.

Aline e Emílio só tiveram a oportunidade de conversar a sós um pouco mais tarde, durante uma caminhada pela praia de Copacabana. Ele precisou de um bom tempo para explicar o que tinha acontecido nos últimos dias: o encontro com Mendes, a viagem a Paraty, o passeio no veleiro de Nestor em que o pai havia fugido, a ida para Nogueira com Fabrício, o relato do resgate de Letícia. Os dois foram andando descalços pela faixa de areia firme, perto da água, enquanto ele falava e falava, esforçando-se para organizar a confusão de suas ideias. O mar agitado exibia uma extensa faixa branca de espuma que era renovada, depois de cada estrondo, pelas ondas que quebravam mais longe, no fundo. O céu nublado alternava tons de cinza e branco sobre a água verde-escura até uma pequena faixa azulada no horizonte. Emílio podia ler nas expressões do rosto de Aline os momentos de surpresa, de preocupação, de dúvida, de compaixão. Quando estava contando o que tinha ouvido de Nestor, ela segurou seu braço e o fez parar por um instante.

— Tá vendo, a gente sabia tão pouco do envolvimento dele. Só que tinha participado de alguma coisa. E por isso é que foi acusado de terrorismo pelos militares. Você já contou tudo isso pra tua mãe, né?

— Claro, contei. Foi duro conversar com ela. A gente quase nunca falou dessas coisas. Parecia que era meio proibido. Pelo que ela me disse, meu pai também contava muito pouco. Tudo era muito às escondidas. Mas ele disse que já tinha conseguido o dinheiro de que precisavam, e minha mãe acha que tava falando daquela história do cofre que o Nestor contou. Depois ela tentou convencer ele a não ir com o Emanuel, mas não teve jeito.

Havia muita coisa que Aline precisava saber e que só podia ser contada assim, pessoalmente. Quando Emílio terminou a história, os dois já estavam sentados perto da pedra do Leme, onde as ondas fortes da ressaca levantavam jorros da água branca que iam muito alto antes de desabar no caminho rochoso em que um pescador, temerariamente, insistia em ficar. Em algum momento, Emílio olhou para trás, e o forte do Leme, visto de longe, o lembrou de sua ida recente até a Urca, logo do outro lado daquele morro sobre o qual se destacava, contra o céu pálido, uma bandeira do Brasil tremulando no vento.

Foi na tarde do dia seguinte que Emílio visitou Lúcio no Vidigal, enquanto Aline ficou em casa para um jantar em família que os pais marcaram, com a presença dos avós e da madrinha. Depois disso, ela praticamente não saiu do lado dele por três dias. No domingo foram almoçar em um restaurante da praça São Salvador com os irmãos, já que Vítor estava ali ao lado, no apartamento de Laís. Quando subiram para ajudar com o gato, que andava entocado desde a noite anterior, os quatro aproveitaram para repassar o que sabiam sobre a situação.

— Já me contaram dessa Aliança Anticomunista Brasileira — Aline disse, instalada no sofá com um cigarro na mão. — Um amigo da UNE me falou. Esse Galhardo não tá inventando isso, não.

— Eu não disse que tava inventando — Lúcio respondeu. — Só não entendo direito como ele sabe dessas coisas.

— A linha dura do exército quer que tudo volte a ser como era antes — ela acrescentou. — Não aceita perder o controle. Mas o Vítor não tá metido em política, então, pelo que vocês tão dizendo, o caso dele é uma coisa pessoal.

Vítor, que estava taciturno o dia todo, só comentou:

— Tem treta nessa história.

— Tá aqui o bicho, metido na despensa com medo de vocês. Mas ele é mansinho. — Emílio disse, dos fundos do apartamento. E, ao chegar na sala, acrescentou: — Ouvi o que vocês falaram. Pô, se o pai do garoto em quem ele bateu é milico, né? Vai que foi ele quem mandou alguém lá atrás do Vítor.

Ainda conversaram longamente sobre a operação policial, mas sem chegar a conclusões satisfatórias. Aline ficou alarmada, só que disfarçou um pouco na frente dos dois irmãos. Para ela, essa história toda confirmava os temores sobre os quais escrevia quando estava fora do país: era impossível garantir que não haveria um recrudescimento da ditadura, apesar da revogação do AI-5 e da votação que estava para acontecer no Congresso Nacional.

Se não tivesse acabado de chegar da França, Aline estaria arrumando as malas para viajar a caminho de Brasília com outros militantes do Comitê da Anistia, já que a votação estava marcada para aquela quarta. Do ponto de vista dela, as conversas sobre os acontecimentos recentes na vida de Emílio e de seus amigos do Vidigal eram também sobre a expectativa do que iria acontecer dali a alguns dias.

Para distrair um pouco a cabeça desses assuntos, só o cinema, segundo Aline, então eles aproveitaram que tinham que passar na casa dela para pegar umas roupas e foram ao Roxy, ali perto. Assistiram a um filme chamado *Os imorais*, que a deixou revoltada, e na saída foram jantar no A Polonesa, restaurante que ela frequentava desde menina com o pai. Entre a sopa de beterraba, as panquecas de batata e o *goulash* que estava com saudade de comer, Aline se dedicou não só a criticar todas as escolhas do diretor do filme que tinham visto, mas também a questionar os rumos do cinema brasileiro desde que o regime militar tinha criado a Embrafilme.

Foram dormir na casa de Emílio, já que o quarto dele era o lugar onde podiam ficar juntos à vontade. De manhã, a claridade o fez abrir os olhos e se convencer aos poucos de que se encontrava não na cabine de navio do seu sonho, mas em casa, na cama. Aline estava virada para ele, as mechas bagunçadas do cabelo tapando parte do rosto. Emílio permaneceu imóvel para não a despertar, observando de muito perto as sardas sob os olhos fechados, entre os fios negros do cabelo. Pensou que, durante o tempo em que ficaram separados, talvez tivesse se esquecido daquelas manchinhas no rosto dela. A sensação do corpo encostado no seu era algo impossível de imaginar à distância: o toque macio e quente da coxa dobrada sobre a sua debaixo do cobertor, os dedos finos da mão roçando levemente seu queixo, o som da respiração.

A veneziana tinha ficado entreaberta, e um raio do sol matinal iluminava um pedaço de parede entre o velho mapa e o retrato do pai de Emílio. O reflexo na laminação da fotografia deixava a imagem ofuscada, como que reduzida a um contorno. Era o que acontecia com os traços de uma pessoa ausente guardada na lembrança, Emílio pensou. A imagem às vezes virava só uma sombra, uma coisa vaga, imprecisa, imaterial.

— Que que foi? — Aline perguntou baixinho. Ela tinha aberto o olho, mas continuava parada na mesma posição.

— Nada, eu tava aqui te olhando. Mas não são nem sete horas ainda. Posso fechar a janela direito pra gente dormir um pouco mais.

Emílio levantou cuidadosamente a mecha de cabelo do rosto de Aline, e ela sorriu enquanto ajeitava o corpo na cama apertada para se espreguiçar. Ele aproveitou o movimento e se sentou com as pernas dobradas, apoiando os braços nos joelhos.

— Hmm, e essa cara triste? — ela perguntou.

— Poxa... — Emílio ficou calado por um momento — Pensei no meu pai. Toda essa história maluca de que ele pode estar vivo. Essa ideia do Mendes, depois aquela teoria do Emanuel.

Ela se sentou também, pôs a cabeça no ombro dele e o abraçou.

— O lance da vida na clandestinidade, né? Fiquei pensando nisso. De ser uma proteção fingir que tá morto. Mas não sei se devia falar o que pensei...

— Ué, fala, claro.

Vestida com uma camisa de Emílio que chegava até o meio da coxa, Aline foi para a cadeira da escrivaninha, ao lado da janela. Esticando-se toda, procurou o isqueiro no bolso da calça que estava no chão.

— Nada de mais — disse, depois de acender o cigarro —, só que, numa situação dessas, a pessoa tem toda uma outra vida. É tempo pra caramba. Pode ter outro relacionamento também, sei lá.

— Outra mulher, outra família, essas coisas. Eu sei.

— Não é que ele não iria voltar, é claro que iria, mas pode ter muita coisa que depende da clandestinidade. Se a pessoa esperou tantos anos escondida, talvez só fosse voltar mesmo quando acabasse a ditadura. Com esse governo aí, um bando de assassino e torturador solto, pra quem tá fora, não é fácil a ideia de voltar pra cá. Eu passei só um ano, mas ficava mal. Você sabe. A ideia de voltar e de repente achar tudo igual, a mesma droga que você deixou. Mas nem precisa fazer essa cara, é claro que eu ia voltar, aqui é o meu lugar e eu te amo, não queria ficar longe de você. E tem essas coisas que deixam a gente com esperança, a abertura, agora a anistia. Sei lá, se o teu pai estiver vivo…

— Mas não tá! É isso que tô dizendo. Certo, eu fui atrás, encontrei os amigos dele daquela época. O Mendes não sabia de nada concreto, só que eles fugiram de barco e tal, as coisas que o Nestor me contou. Aí eu conheci finalmente o cara com quem vi meu pai ir embora quando era criança. Aliás, foi bem daí onde você tá agora, dessa janela aí. Os dois entraram num carro de madrugada e se mandaram, e eu passei a vida inteira me lembrando disso. Mas o que o Emanuel sabe? Ele não tem notícia nenhuma, na verdade. Também viu meu pai pela última vez há dez anos. Então esse lance é só uma teoria dele, entendeu? Quanto mais eu penso no que ele me disse, mais tenho que admitir que não faz sentido ficar achando que meu pai vai voltar. Se estivesse vivo, a gente já ia saber. Essa história de ele voltar é uma fantasia. É o que o Emanuel queria também, porque deve se sentir culpado, ainda mais depois de me encontrar.

Emílio fez uma pausa, olhando para a fotografia, depois continuou:

— Seria maravilhoso, claro. Idealmente, ele deveria voltar, já que era o Ulisses, que volta pra Ítaca depois de sei lá quantos anos. Meu pai me contava essa história da *Odisseia* desde quando eu era criança. Mas do que adianta ficar fantasiando?

21

No dia da votação da Lei da Anistia pelo Congresso, eles tinham combinado de ir para a manifestação da Cinelândia com alguns amigos.

— Hoje eu tenho que dormir em casa, senão acho que minha mãe me mata — Aline disse saindo do prédio na rua Paissandu.

Tinham percorrido só duas quadras quando ouviram um assobio. Ao se virarem, viram Lúcio e Vítor parados na esquina.

— Resolveram ir com a gente? — Emílio perguntou enquanto os dois cumprimentavam Aline.

— Vocês tinham dito às dez, né? Passei pra pegar meu irmão lá na Laís — Lúcio respondeu. — Não quis tocar, a gente tomou um café na esquina e ficou esperando vocês aqui. O Vítor não vai, tem um batizado da capoeira aqui perto.

Mais sorridente do que no último encontro, vestido de calça e blusa brancas, Vítor se despediu deles e seguiu pela Paissandu em direção ao Aterro do Flamengo. Aline explicou que a combinação era encontrar os amigos da faculdade ali perto, no largo do Machado. De lá iam juntos para a Glória, onde podiam pegar o metrô até a Cinelândia. No caminho, Lúcio contou que seu vizinho comunista tinha desaparecido. Estava preocupado, porque achava que ele podia ter sido preso ou coisa pior. A casa que ele alugava, a do Elias, estava com todas as portas e janelas fechadas. Tinha visto Galhardo pela última vez na tarde em que ele cruzou com Emílio na saída da oficina.

— O cara sumiu do mapa.

Uma vizinha de Lúcio, naquela manhã mesmo, comentou que tinha visto sair da casa um homem desconhecido, que desceu em direção à pracinha. Mas não era Galhardo, segundo ela, era um sujeito bonitão, de roupa social.

— Perguntei se era um barbudo. Ela disse que não, que era um cara de cabelo batido bem rente, sem barba. Então podia ser um policial à paisana, sei lá. O Galhardo deve ter ouvido alguma coisa pelo rádio e se mandado — Lúcio disse quando eles já estavam se aproximando do largo do Machado.

Entre os estudantes com quem tinham combinado de se encontrar estava Nuno, que Emílio apresentou finalmente para Aline como o famoso amigo músico do qual ele sempre falava. Seguiram todos a pé até a estação da Glória e pegaram o metrô em direção ao centro. Foi bem quando subiam a escada para alcançar a superfície, já na Cinelândia, que ouviram um estouro alto, bruto. Encontraram a praça cheia, todos olhando ao redor, com rostos preocupados. Havia um tumulto na esquina da avenida Rio Branco, mas ninguém sabia direito o que tinha acontecido. Uma moça baixinha de óculos que vinha dali informou que não era nada, só um rojão. Pelo menos foi o que disseram a ela.

Na Cinelândia, grande parte dos manifestantes tinha sentado no chão diante da escadaria onde artistas, intelectuais e políticos discursavam. Sob a longa faixa da campanha pela *Anistia ampla, geral e irrestrita*, um senhor de cabelos muito brancos que eles não sabiam quem era dirigia críticas veementes ao projeto que o presidente Figueiredo tinha mandado para votação no Congresso. Abrindo caminho pela multidão, eles se dirigiram até um local próximo à escadaria, ao lado de um grupo que segurava uma faixa com os dizeres *Anistia a todos os presos políticos e exilados* e, mais embaixo, *Não queremos liberdade pela metade*.

— É, terroristas são eles! — Aline constatou depois que, em seu discurso, o senhor de cabelos brancos com o microfone na mão tinha acabado de afirmar que o governo usava a palavra "terroristas" para falar dos militantes de esquerda que participaram da luta armada contra a ditadura a fim de excluí-los da anistia, enquanto os torturadores não seriam responsabilizados.

Os militares que cometeram crimes, que assassinaram presos nos porões dos quartéis, ficariam impunes, ele tinha dito.

— O Galhardo me falou — Lúcio comentou com Emílio ao ouvir aquilo — que até as bombas de supostos terroristas são plantadas, coisa de gente de extrema-direita.

Por uma estranha coincidência, assim que Lúcio acabou de dizer isso, Nuno encontrou um conhecido, seu primo secundarista, que deu outra versão sobre o estouro ouvido mais cedo: uma explosão num carro na rua México. O local estava cercado pela polícia e pelos bombeiros. Mas, segundo diziam os oficiais, ninguém tinha se ferido. Lúcio acrescentou, então, falando perto do ouvido de Emílio:

— Porra, olha só. O Galhardo me falou esse negócio sobre o dia da votação da Lei da Anistia. Foi por causa das conversas de rádio, que eu te contei. Era a suspeita dele, que os caras lá tavam planejando explodir uma bomba hoje aqui.

No decorrer da manifestação, eles não conseguiram mais nenhuma notícia sobre o assunto do estouro. Todos ali, ocupando a Cinelândia, estavam voltados para o que ocorria naquele momento em Brasília. Acompanhavam, por radinhos de pilha e pelos comentários de quem assumia o palanque, as notícias que chegavam sobre a tumultuada sessão do Congresso Nacional, as trocas de acusações e as brigas entre os deputados. Uma longa vaia tomou conta da praça quando, afinal, chegou a informação de que, por uma diferença de apenas cinco votos, a emenda que estendia aos crimes de morte o benefício da anistia foi rejeitada. Seriam anistiados os crimes políticos, mas não todos. Aline olhou para Emílio, com lágrimas nos olhos, e fez um discurso revoltado que ele teve dificuldade para escutar direito no meio daquele monte de gente. Ela repetia: "Não dá pra ser assim". Mas, apesar da revolta, do desconsolo, Aline se rendeu depois à sensação de alívio, e até de alegria, que tomou conta dos manifestantes presentes na praça, porque agora faltava só a lei ser sancionada pelo presidente, e parecia que aquele momento representava uma virada, um passo, um recomeço.

22

Só DOIS DIAS depois da manifestação foi possível descobrir qual era a versão mais próxima da verdade, entre aquelas ouvidas na Cinelândia. Boatos divergentes tinham se espalhado em pouco tempo pela praça, de boca em boca, numa espécie de telefone sem fio.

Rebeca se levantou tarde, como de costume. Ao encontrar o filho na sala, deitado no sofá para descansar de um passeio de bicicleta, queixou-se de ter dormido mal naquela noite. Foi buscar o jornal na porta dos fundos, arrastando os passos, e sentou-se perto de Emílio com um sorriso triste no rosto.

— Tive insônia — ela disse enquanto acendia um cigarro. — Acordei de madrugada. Sonhei com teu pai… Um sonho estranho, não lembro direito. Tinha uns pássaros. Acho que eram uns gansos, sei lá. E eu chorava no sonho, por algum motivo… que sabia qual era naquela hora, mas depois esqueci. Aí não consegui mais dormir. Não paro de pensar nas histórias que você me contou. Emanuel, Nestor. Teu pai não me falava nenhum nome, nenhum detalhe. Ele tinha que ajudar uma última vez. Ia sair, não podia mais botar a gente em risco... Fico assim, deitada na cama, com as minhas preocupações, pensando nessas coisas. Tenho esses sonhos estranhos.

Foi pouco depois, quando Emílio já estava no quarto, que a mãe gritou seu nome. Ele correu até a cozinha e a encontrou com o jornal na mão, de olhos arregalados, apontando para uma página aberta. Ao examinar mais de perto a página, Emílio reconheceu o nome, bem no mesmo momento em que soavam as palavras de Rebeca: "É o Bruno!". O obituário informava sobre a morte do oficial do exército Bruno Macedo, médico-militar, como ele leu enquanto Rebeca ia para a sala, apressada, e começava a discar um número no telefone.

Não demorou muito e chegou Aurélio, melhor amigo dela. Estava assustado e suava muito. Contou que ainda mantinha contato com Alessandra, ex-mulher e vizinha de condomínio do Bruno. Tinha acabado de conversar com ela pelo telefone, logo depois de receber a notícia.

— Oficialmente, foi um acidente de carro — Aurélio disse. — Mas tem alguma coisa muito errada nessa história. Fazia alguns dias que Bruno não aparecia em casa. A empregada dele tinha comentado isso com a faxineira da Alessandra. Aí, ontem de manhã, um repórter do *Jornal do Brasil* pegou e ligou pra ela. Falou de uma investigação da polícia. Tava fazendo uma matéria sobre a explosão de um carro no centro na cidade no dia da manifestação. Foi o repórter que deu pra ela a notícia da morte do Bruno, na verdade. Um troço doido. Segundo ele, uma fonte da Polícia Militar tinha informado que a suspeita era de um ato terrorista. Ele que usou esse termo, segundo a

Alessandra: "terrorista". Vê se pode. Falou em dinamite dentro do carro.

— Não vi nada no jornal sobre essa explosão. Vocês viram? Saiu alguma coisa? — perguntou Rebeca.

— Abafaram o caso, parece — Aurélio respondeu. — Ontem à tarde é que a Alessandra conseguiu uma confirmação da morte do Bruno. A secretária do consultório dele ligou pra ela. Alguém do exército tinha entrado em contato. Disseram que sofreu um acidente de carro no Aterro. A Alessandra achou melhor não perguntar nada sobre as informações do repórter. Melhor não mexer nesse vespeiro, ela disse.

Um toque do interfone interrompeu a conversa deles. Era Cândida, que chegou sem saber de nada a respeito daquela história. Rebeca tinha até esquecido que combinara de almoçar com a amiga. Tiveram que contar tudo de novo para ela, e Cândida ficou em pânico. No fundo, ninguém sabia muito bem o que pensar da situação. Aurélio comentou que, por conversas esparsas, antes, tinha ouvido falar de uma ligação do Bruno com órgãos de repressão da ditadura. Houve uma denúncia, alguém que foi no consultório dele e fez acusações, mas ele negou tudo e processou essa pessoa.

Emílio não quis contar nada sobre o estouro que tinha ouvido na Cinelândia. Perguntava-se se seria o plano deles que a explosão acontecesse mais perto da multidão, porque nesse caso teria sido uma catástrofe noticiada nas primeiras páginas dos jornais. Deixou os dois visitantes fazendo companhia à mãe, passou no quarto para se arrumar e saiu. Caminhou até o prédio de Laís, que tinha chegado de viagem naquela manhã e esperava por ele. Era para Aline ir junto, mas ela tinha ligado mais cedo e avisado que estava com febre e dor de garganta.

— Que foi!? — a dona da casa perguntou ao abrir a porta. — Parece até que você viu um fantasma. Que cara é essa?

Para a decepção de Emílio, ela não estava sozinha, como tinha imaginado durante o caminho. Duas amigas deles da faculdade, Érica e Marta, estavam lá, conversando animadamente, comendo esfirras e tomando cerveja. Ele explicou, sobre a sua cara de quem viu um fantasma, que tinha acabado de saber da morte de um amigo da mãe num acidente, Bruno Macedo.

— Aquele Bruno? O do pedido de casamento? Porra, que treco maluco. Acidente de carro? — Laís perguntou a ele, antes de se dirigir de novo às suas visitantes. — O Emílio que ficou cuidando do Freud! Amigaço, manja? Deixou minha casa superarrumada, melhor do que quando saí.

Ela nem sabia ainda que Vítor tinha ficado ali, Emílio pensou enquanto ouvia a conversa de suas amigas. Érica estava contando como tinha sido a manifestação na Cinelândia. Mas era melhor deixar todas as histórias para outra hora, quando estivesse a sós com Laís, especialmente aquela do hóspede escondido.

— Não vão deixar o Brizola voltar para o Brasil nunca, jamais — Marta disse.

Érica defendia que Figueiredo com certeza ia assinar a Lei da Anistia o quanto antes, não passava daquela semana. Ele não tinha conseguido o que queria, afinal? Mas sua amiga considerava mais prudente esperar sempre o pior desse governo, sabe-se lá o que eles podiam inventar para impedir que os políticos de oposição voltassem do exílio.

— Depois quero saber tudo sobre a sua viagem, hein?! — Laís cochichou. — Mas já tô sabendo que você e a Lili se entenderam, que tá tudo bem. Ela me ligou mais cedo pra avisar que tá gripadona, e a gente marcou de se ver assim que ela melhorar.

Saindo do prédio, um pouco mais tarde, Emílio tirou do bolso a carteira e verificou, no compartimento de moedas, se tinha alguma ficha telefônica. Avistou de longe, na praça São Salvador, o poste azul com coberturas arredondadas cor de laranja e telefones vermelhos. Do orelhão, ligou primeiro para Lúcio, que disse estar de saída, mas que topava conversar antes da aula que ia ter no parque Lage porque também tinha pensado umas coisas. O telefone devolveu uma das fichas, e Emílio a pôs de volta para tentar falar com Aline. Quem atendeu foi Leila, que pediu para ele ligar outra hora porque a filha estava deitada, mal da garganta, tinha acabado de tomar um remédio para febre.

Quando chegou no lugar combinado, Emílio encontrou Lúcio sentado no banco do gramado, olhando para o casarão por trás do qual eles deveriam enxergar, não fosse a camada de nuvens cinzentas, a pedra do Corcovado.

Emílio lhe contou, então, sem demora, tudo o que sabia sobre a história da morte do Bruno.

— E o Galhardo me disse que o dr. Mário era um médico militar. Que usava esse nome falso no DOI e era um torturador. Será que era o próprio Bruno?

— Olha só, nunca gostei desse cara. Era milico e queria casar com a minha mãe. Lembra, né? Vim pensando nisso no caminho pra cá. O cara morava no condomínio. No dia da briga, foi se meter e tomou uma rasteira de um garoto da favela. Se ele era um escroto de um torturador, você acha que ia deixar barato um negócio desses? Pode muito bem ter ido atrás do teu irmão ele mesmo e dado um tiro nas costas.

— Porra, só que aí complicou pra ele, porque o Vítor não morreu, e a história saiu até no jornal, tavam investigando. Faz sentido.

Lúcio explicou que, desde um dia depois da manifestação, todas as comunicações suspeitas da polícia tinham parado de vez no Vidigal. Nada de dr. Mário nem de operação. O canal dos radiocomunicadores ficou mudo.

— Então... Vai ver o cara usou os contatos na polícia militar pra vigiar o Vítor. Aí ficou só esperando teu irmão voltar de Minas pra poder terminar o serviço, dar sumiço nele. O que que isso tem a ver com essa coisa do Galhardo é que eu não entendo. Porque tinha essa questão pessoal, mas tinha um cara que era guerrilheiro da luta armada. Ele que talvez soubesse explicar alguma coisa, né?

— Mas sumiu do mapa! Segundo ele, acho que te falei isso já, esses anticomunistas da extrema-direita saem botando bomba nas redações e sei lá mais onde. Depois culpam a oposição, falam de terrorismo. Mas eles é que são os terroristas.

— Se for isso, alguma coisa deu errado no plano, lá na manifestação. A bomba falhou, explodiu no carro e matou só o desgraçado do Bruno.

— Pois é, logo nesse dia, né? Pensando aqui agora...
Pode parecer uma maluquice, mas ouve só. Sabe aquela
coisa de *quem vigia o vigia*? Vai ver era tudo uma arapuca.

A teoria do Lúcio se baseava em uma coisa que Galhardo lhe dissera: que o dr. Mário podia estar atrás de
alguém, um suposto comunista, para prender e culpabilizar depois do atentado. A princípio, então, a vigilância
no Vidigal era para prender Galhardo no momento certo
e, ao mesmo tempo, o dr. Mário estava controlando a situação do garoto em quem tinha dado um tiro. Mas e se
fosse o contrário? A operação podia ter sido armada só
por causa do Vítor, ele usando os policiais para se livrar
de vez do garoto que tinha sobrevivido.

— Olha só, depois do que você me contou, fiquei
achando que de repente foi Galhardo que armou a arapuca. Ele se usou de isca: um comunista pros anticomunistas.
Talvez ele quisesse chegar nesse dr. Mário desde o começo.
Sabia quem era. Me disse que o cara era médico militar,
que tinha consultório em Copacabana.

— Porra, vai ver foi quem torturou ele, sei lá, alguma
coisa que o cara fez.

— É uma teoria que a gente nunca vai confirmar. A essa
altura, ele já voltou sei lá pra onde, já sumiu no mundo.
Te garanto que a gente nunca mais vai ver esse Galhardo.

Quando Emílio voltou para casa, no fim da tarde, os
dois amigos da mãe tinham ido embora. Rebeca estava na
varanda, sozinha, sentada com um livro aberto apoiado
no colo. Contou que tinha saído para almoçar com Cândida e Aurélio no Lamas, também acabara de chegar de
volta. Agora ia para o quarto, ver se conseguia descansar

um pouco. Emílio deu um beijo na mãe, depois foi até a cozinha pegar uma cerveja. Ao entrar de volta na sala com a garrafa de cerveja na mão, ele se lembrou nitidamente do homem que vira de relance ao cruzar com ele enquanto saía da oficina do Lúcio: alto, magro, mas com o rosto escondido pela barba grisalha e pelo boné.

— Barão! — ele chamou ao notar que seu cachorro estava parado, sentado, em frente à porta de entrada do apartamento.

Aquilo o distraiu por um momento dos assuntos em que vinha pensando, porque Barão, depois de velho, raramente se levantava do seu canto. Passava tardes inteiras estirado no chão da cozinha e era até difícil convencê-lo a sair do lugar na hora do passeio. Mesmo quando o interfone tocava, ou quando uma visita chegava, ele costumava ficar por lá, com preguiça de se mexer.

Emílio deu um gole na cerveja e seguiu para a varanda. A sequência de palmeiras imperiais da rua Paissandu, com seus troncos compridos, dava a impressão de dividir a paisagem em faixas verticais, pequenos quadros muito diferentes uns dos outros, cada um com seus detalhes. Contra o céu nublado de fim de tarde, os vultos das folhas que se erguiam acima dos prédios em frente pareciam mãos enormes, prestes a se precipitar sobre sua presa.

Emílio se lembrou então, de repente, do que Aline tinha dito no dia da manifestação. Não dá pra ser assim, ela repetia. Imagina, no futuro, se os reacionários de plantão forem tratar os torturadores como se eles fossem heróis. Todos grandes patriotas e homens de bem, que acreditam em Deus e defendem a família tradicional brasileira.

Mesmo se a gente voltar a viver numa democracia, o que eu ainda acho que vai demorar muito pra acontecer, ela disse, o fantasma da ditadura vai ficar assombrando o Brasil pra sempre.

Não dá pra ser assim, Emílio repetia em sua cabeça quando ouviu o que parecia ser uma batida leve, vinda da sala. Só então notou que Barão não viera com ele para a varanda. Continuava parado em frente à porta, sentado. Mas, se tivesse alguém lá fora, o interfone teria avisado. Por que a pessoa não tocaria a campainha? Andou na direção do cachorro e repetiu seu nome, mas, ao ser chamado, ele apenas se voltou para o dono, soltou um ganido e olhou de novo para a porta.

Soaram então três batidas breves, agora bem nítidas. Mesmo antes de abrir, Emílio já sabia quem iria encontrar.

Este livro foi impresso pela Cruzado, em 2022,
para a HarperCollins Brasil. A fonte do miolo é
Minion Pro. O papel do miolo é pólen natural
70g/m² e o da capa é cartão 250g/m².